根深汁

居酒屋お夏 春夏秋冬

さとる

幻冬舎時代小説文庫

居酒屋お夏　春夏秋冬
根深汁

目次

第一話　青物夫婦

一

秋が深まってくると、野菜が美味しくなってくる。

ゆっくりと火にかけてことこと煮る。

寒い夜にはそんな料理が恋しくなり、特に大根や里芋の煮ものなどはこたえられない。

「今度の味見は、魚が鯖、鯛、鱒、野菜が大根、里芋、きくらげ、しめじ、てところですかねえ」

板場で、料理人の清次が言った。

「まず、そんなところだろうよ」

女将のお夏が応えた。

ここは目黒行人坂を上ったところにある居酒屋で、安くて美味い酒と飯を出すので知られているのだが、お夏と清次には、時折高輪南町の少し値が張る料理屋から、

「ちょいと味を見に来てやっておくんなさいまし」

と、誘いがかかる。

料理屋は〝えのき〟という店で、品川高輪一帯を仕切る香具師の元締・牛頭の五郎蔵の〝右腕〟・榎の利三郎が主である。

これまでもこの物語には何度も登場しているのであるが、この度は九月の晦日に来てもらいたいと言われていた。

「まあ、うちの店で出せるような料理がどれだけあるかわかりませんが、ちょいと楽しみで……」

「そうだねえ。元締も来なさるそうじゃあないか」

「そのようですね」

「となれば、何か土産話が要るねえ」

お夏は少し顔をしかめてみせたが、今では父親のように慕っている五郎蔵を、何

として楽しませてやろうか、という喜びが浮かんでいる。

五郎蔵が〝えのき〟の味見に相伴するのは、料理よりもお夏との語らいが楽しみなのである。

それがよくわかるだけに、お夏も題材選びに苦労するのだ。

「そんなら、野菜は売るが料理はできねえ、あの夫婦の話をしてさしあげたらどうですかねえ」

清次は、ニヤリと笑った。

「ああ、あの夫婦かい。土産話になるのかねえ……」

お夏は、思い入れをした。

「なると思いますがねえ」

「うん、そうだね」

〝野菜は売るが料理は出来ない夫婦〟というのは、大鳥大明神社からほど近い百姓家に住む、円太郎（えんたろう）とおしののことである。

近在の百姓から野菜を仕入れて、夫婦して売り歩いている八百屋で、品物を売り切った後、時折お夏の居酒屋で飯を食い、一杯やって帰るのだ。

居酒屋の常連の駕籠舁き・源三、おくめ夫婦は、仲睦まじいことで知られているが、この二人が首を傾げるほどに、円太郎とおしのはいつも寄り添い一緒にいる。

お夏のことであるから、

「三十になろうかという夫婦が、よくあんなに引っついていられるねえ。何だか気持ちが悪いよ」

さすがに本人達を目の前にして言うことはなかったが、夫婦仲のよさを羨む常連客達に毒舌を発することもしばしばであった。

「わたしは野菜を売り歩いてはいますがねえ。その野菜をどんな風に料理できるかと訊かれると、まったく答えられないので困りますよ」

お夏の居酒屋に来始めた頃は、入れ込みの隅で小さくなっていた二人であったが、少し慣れてくると、おしのはこんなことを言って常連達を笑わせた。

円太郎もそうであるが、何ごとにも控えめで出しゃばらない八百屋の夫婦とはいえ、子も生さずに重ねてきた苦労が見え隠れして、人となりにえも言われぬ滋味がある。

何げなく口から出る言葉には、ほのぼのとしたおかしみが醸されるのだ。

「こいつは料理が不得手でしてねえ……」

横で困った顔をする円太郎の表情も、好い具合におどけている。

こうなると常連肝煎の口入屋の親方・不動の龍五郎も、

「まあでも円さんよう。これだけいつも傍にいて働いてくれているんだ。料理ができねえからといって、文句は言えねえやな」

と、やさしい声をかけてやるようになり、八百屋の夫婦は、お夏の居酒屋で、常連になりつつあった。

目黒にやって来てから、まだ一年にもならないので、なかなかの馴染み様であるといえるだろう。

この間、清次は夫婦に、

「野菜が売れ残ったら、持ってくれれば好いや。そいつで何か拵えよう」

と言って、野菜を買ってやり、

「大根と里芋に葱かい。そんなら、けんちん汁を拵えてみようか」

板場におしのを呼んで、料理を教えてやったものだ。

お夏は清次の人のよさを苦笑いで見ていたが、

「料理を習うのなら、その間は客じゃあなくて、弟子だからね。びしびしといくよ。ちょいと何だいその包丁の持ち方は、それじゃあ浮気な亭主を〝殺してやる！〟って持ち方だよ。もっと肩の力を抜きなさいな……」

と、持ち前のお節介を横から発揮するのであった。

野菜は売れど料理は下手――。

それが口癖の女房と、やさしく見守る亭主。

清次は、この二人の話を五郎蔵への土産にしようと言う。

少しずつ料理の腕を上げ始めたおしのであったが、このところ八百屋の夫婦にちょっとした変化が表れていたのである。

二

夫婦して棒手振りをしながら、方々で青物を売り捌く、円太郎とおしのであった。

売れ残りが僅かに出ると、

「女将さん、清さん、すまないねえ」

申し訳なさそうに、お夏の居酒屋を訪ねて安い値で買ってもらい、おしのが料理を習う。

そして出来上がった菜を、

「やっぱり清さんが拵えたものは、うまいねえ……」

「ああ、わたしが拵えるのと大違いだよ」

「まったくだ」

「まったくってこたあないだろ！」

などとやり合いながら食べて、二合ばかりの酒を飲む。

常連達から声をかけられたら笑顔を返し、半刻（約一時間）くらいで帰っていく。人の話には大きく相槌を打ちながら聞き入るが、自分達の話はその日の行商の折に見た光景などを語るだけであった。

来し方を話そうとしないのは、夫婦の過去に知られたくないものがあるのであろう。

元よりお夏の居酒屋では、

「わざわざ人の昔は問わない」

という、店と客との間に暗黙の掟がある。

何度も顔を合わすうちに、自ずと相手の過去が知れてくる。

そういう付合い方が何よりだというのが、お夏の信条であり、脛に傷持つ者が集う居酒屋にあっては、それが何よりも心地よいのである。

円太郎、おしの夫婦はまだ店に来始めてから一年もたっていないのだから、誰も気に留めてはいなかった。

しかし秋に入ってから、夫婦はどことなく元気がない日が多くなっていた。

そうして、九月に入ったある夜。

不動の龍五郎、その乾分の政吉、医師の吉野安頓、駕籠舁きの源三、米搗きの乙次郎、車力の為吉といった、いつもの面々が揃っているところで、

「仲の好い夫婦を見ていると、心が和むよなあ」

と、龍五郎が言った言葉に、

「苛々することもあるけどね」

と、お夏が嚙みついて、

「婆ァ、亭主がいねえからって、やっかみを言うんじゃあねえや」

いつもの口喧嘩が始まろうとしていた。

その時であった。

「あっしらは小せえ時から兄妹のように育ちましてねえ……」

俄に円太郎が、思い出話を始めた。

政吉は以前から、二人の馴初めを知りたがっていたので、

「そんな気がしていたよ。そこから色々あったんだろうねえ」

と、その先を促した。

おしのは恥ずかしそうな顔を円太郎に向けたが、それを止めようとはしなかった。

円太郎は、燗のついた酒をぐっと呷ると、

「千住の外れの貧乏長屋で二人共、育ったんでさあ……」

政吉の期待に応えた。

初めて語る昔話だが、同じ聞いてもらうなら、居酒屋の常連が揃っている時の方がよいと考えたのであろう。

語る口調は滑らかであった。

「互いに棒手振りの子に生まれて、あっしもおしのも、物心がついた時には親の手

伝いをしておりやした」

貧しい両家の息子と娘は、互いの家を行き来して、助け合う両親の姿を見て兄妹のように育ったのだ。

辛い暮らしであったが、

「おしのを見ていると、男のあっしが弱音を吐いちゃあいけねえと思ったものでございます」

そのうちに、おしのは近くの紙問屋へ女中奉公に上がった。

円太郎は亡くなった父の跡を継いで、棒手振りで稼いだ。

まだ十八であったが、立派に働いて母親を養うことも出来たのである。

おしのは円太郎より三つ歳下で、紙問屋の因業主人の下で、よく奉公していた。

円太郎は、おしのを気遣い、何かというとこっそり奉公先の裏手を訪れ、おしのが塵捨てに出る瞬間を捉えて、

「よう、達者にしているか……」

と、明るく声をかけてやったり、時にはすれ違いざまに、

「そっと食べなよ」

と、一口で食べられそうな菓子を、おしのの手に握らせてやったりしたものだ。

「そいつは好い話だねえ……」

政吉はうっとりとして、何度も頷いてみせた。

「おしのさんも、奉公先で、ずっと円さんを思っていたってわけだ」

「政さん、恥ずかしいですよう。この人が訪ねてくれるのは嬉しかったし、心待ちにしていましたが、まだその頃は、兄さんが会いに来てくれるような気持ちで、惚れた腫れたはありませんでしたねえ」

と、おしのは手を横に振ってみせたが、その表情には幸せそうな色が出ていた。

「そうして、紙問屋での年季が明けてから、晴れて夫婦になったってわけかい」

政吉の横から龍五郎が言った。

「いえ、そんなにすんなりとはいきませんでしたよ」

円太郎は溜息交じりで応えた。

「なるほど。おしのさんは働き者だから、紙問屋に出入りしていたのが見初めて〝わたしの嫁にしたい〟なんて、申し出た。そんなところだね」

「まずそんなところで……」

「やっぱりな」

「だが、見初めたのは近くに住んでいた、金貸しの爺(じじ)ィでしてね。おしのを後添えにしてえなんてぬかしやがったんでさあ」

「後添え？　体(てい)の好い妾奉公ってところかい」

「へい……」

おしのの二親は、その二年前に次々と病に倒れてこの世を去っていた。

奉公先の主はそれを幸いに、

「お前の親からは、娘を金のあるところに嫁がせてやってくれと、頼まれていたのでねえ」

などといい加減なことを言って、おしのが首を縦に振らないと、

「こんなありがたい話がくるような娘に育ててやったのは誰だと思っているんだい」

今度は一変して脅しつけ、不承知なら町内に訴え出ると、筋が通らぬことを言い立てたのだ。

恐らく店は、馬鹿な主の遊興が祟って、その金貸しの老爺(ろうや)から随分と金を借りて

いたと思われる。

だが、その時のおしのには、どうすることも出来なかった。

人より好い暮らしが出来るのだからありがたいことじゃないかと店の者達に言われると、従うしかなかった。

慰み者になったと人は笑うかもしれないが、所詮弱い者は長いものに巻かれるしか道はないのだ。

その頃、おしのは十七になっていたが、その歳で人生を諦めてしまうのは悲し過ぎた。

絶望は人を捨て鉢にさせる。

貧しくとも心を捻（ね）じ曲げずに、真っ直ぐに生きていけば道は開かれる――。

そう教えられ、信じて懸命に生きてきたが、

――どうせこんなことを言ってくる人だ。ろくな爺（じい）さんではないのだろう。

考えるにつけ、自分の境遇が哀れに思えてきてならなかった。

それと共に、言いようのない怒りが沸々と湧きあがってきた。

その時のことを思い出して、あまりの無念さに、

「隙を見て、毒を盛ってやろうかなどと、悪い気が起こりましたよ」

と、おしのは言った。

「そりゃあ、腹が立つのは当り前だよ！」

政吉が怒り始めた。

「何て爺ィだ」

「いや、そのお店の主人ていうのが許せねえぜ」

「まったくだ。人様から預かった娘を、勝手に売りとばすなんてよう」

政吉につられて居酒屋の常連達が、口々に声をあげた。

「まあ、落ち着け」

それを龍五郎が窘めた。

「考えてもみろ。今こうやって、おしのさんは円さんと夫婦になって幸せに暮らしているんだぞ。危ねえところを円さんが助け出した。そういうことだろう？」

常連達は、言われてなるほどと頷いた。

「へい。あっしは話を聞いて、そんなおかしな話があるかと、紙問屋に談じ込んだんでさあ」

「うん、そうこなくっちゃあいけねえや。その姿を見て、おしのさんは円さんに惚れていたと気付いたわけだな」

「はい。兄さんではなくて、この人はわたしの夫になる人だと思いましたよ」

力強く言い切ったおしのを見て、常連達は感嘆の吐息をついた。

「だが、あっしがおしのを返せと言っても、相手はまったく取り合わねえ。そればかりか店に出入りしていたやくざ者にあっしは叩き出されてしめえやしたよ」

「それでも円さんは諦めなかったんだね」

龍五郎は低い声で言った。

「へい、諦めて堪（たま）るかと、策を練りましたよ。こうなったら、手に手を取って逃げてやろうと思いましてね」

既に円太郎の母親も亡くなっていた。もう何も恐いものはない。

円太郎は、いよいよおしのが金貸しの爺さんの許（もと）へと連れて行かれる前日に、そっと裏手からおしのと触れ合える機会を、托鉢僧に化けて窺（うかが）った。

すると、僧を嫌がる主がおしのに小銭を持たせて、

「お坊様、これで他所（よそ）へ行ってくれませんか」

と、喜捨をさせた。

以前から、そういう役割はおしのが担っているのを円太郎は知っていたのだ。そして雲水笠の下から、

「おしのちゃん……。いや、おしの、おれと逃げてくれるかい」

と、囁(ささや)いた。

「円さん……」

おしのは、暗闇の中に光を見つけた気がして、泣けてきて仕方がなかった。

だが不用意に感情を爆発させると、店の者達に怪しまれる。

懸命に涙を堪(こら)えて、

「円さん、わたしをどこへでも連れて行って……。お前さんと一緒なら死んだっていい……」

と、囁き返したのだ。

二人の覚悟はこれで決まった。

翌日。

円太郎は、おしのが店を出る頃を見計らって、腰に火縄をぶら下げ、両手で大き

な油壺を抱くようにして、紙問屋に表から入っていった。そして折よく奥から出てきたおしのに目で合図をした。

その途端、おしのはお付きの女中を振り払い、円太郎の傍らに寄り添った。

「お前は円太郎！　何をしに来やがった！」

店に出入りしているやくざ者が凄んでみせたが、

「やかましいやい！　どうでもおしのは連れて行くぜ。そもそもおしのは年季が明けているはずだし、強欲爺ィの慰み者にするために、ここへ預けられたんじゃあねえや！」

円太郎は、堂々と啖呵を切った。

「野郎！」

やくざ者が、店の男衆と共に円太郎に迫った。

「寄るんじゃあねえ！」

円太郎は低く叫ぶや、油壺の中身を土間にぶちまけた。

辺り一面に油が流れ、やくざ者は足をとられて、その場に転んで油まみれになった。

「寄ると、ここは火の海になるぜ」

すかさず円太郎は火縄をかざした。

「や、やめてくれ……」

やくざ者は悲鳴をあげた。

店の者達も足が竦み、一斉に円太郎に手を合わせた。

ここは紙問屋である。

油に火がつけば大惨事となろう。

「おしの年季奉公の証文を持ってきやがれ！」

円太郎は、因業主人に言った。

「わ、わかりましたよ。無茶をするんじゃあない……」

主人は戸棚から証文を出して、番頭に持っていかせた。

円太郎はそれを一読すると、

「やい！　やはり年季はとっくに明けているじゃあねえか！」

証文に火をつけて、これを燃やした。

店内に悲鳴があがる中、円太郎は燃えた証文を、油の地獄へ放り投げて、

「おしの、行くぜ！」

「あい……！」

二人、手に手を取って走り出したのであった。

三

居酒屋の中では、円太郎の話に歓声が起こっていた。

しかし、すぐに神妙な表情となって、

「円さん……、店は燃えちまったのかい？」

龍五郎が問うた。

いくら相手に非があるからといって、付け火は大罪である。

円太郎はニヤリと笑って、

「燃えたのは証文だけですよ」

「だが、油に投げ入れたんだろう？」

「ぶちまけたのは油じゃあねえんですよう」

円太郎は、芝居の道具で水に膠を混ぜると油のように見えると聞いて、試行錯誤の末に拵えた似せ油を油壺に入れて出かけ、こいつをぶちまけたのだ。

恐怖で動けなくなった連中を尻目に、二人はそこから逃げて、町を出た。

「あん時の奴らの驚いて声も出ねえ様子を思い出すと、今でも笑いが止まりやせんや」

円太郎は、今まで他人に話したことのない思い出を、笑いと共に吐き出して、随分とすっきりしたようだ。たちまち晴れ晴れとした表情となった。

居酒屋は再び歓声に包まれた。

「似せ物の油か……。そいつは近頃、胸のすく話だねえ」

黙って聞いていたお夏も、からからと笑った。

「だが、駆け落ちしたものの町にはいられねえ。それからが大変だったんだろうねえ」

龍五郎は、喧騒を鎮めながら言った。

「へい……。それからは方々渡り歩いて……。いつどこで仕返しをされるか知れたもんじゃありませんからねえ」

円太郎は、しみじみと思い入れをしたが、その横でおしのが姿勢を正して、

「わたしは、まったく苦労には思いませんでしたよ」

力強く言った。

今度は羨む声が居酒屋に飛びかった。

「好いなあ、おれもそんな風に女と一緒になってみてえや」

政吉はまたうっとりとすると、

「それで、仕返しをされたことはあるのかい」

心配顔をした。

「いえ、今のところ一度もそんなことは……」

円太郎が言うには、紙問屋はその後、金貸しから返済を迫られて困窮し、素行の悪さをお上から咎められ、店は潰れて、因業主人は江戸を所払いとなった。

出入りしていたやくざ者は、それまでの悪事が発覚し、島送りになったという。

あれからもう十年くらいたっているし、そういうほとぼりは冷めているはずだと、円太郎は思っている。

「うん、そいつは円さんの言う通りだ」

龍五郎が相槌を打った。

「そもそも仕返しをされる覚えもねえんだ。この目黒じゃあ、おれ達が味方についているから、胸を張って暮らしゃあいいさ。皆もわかっているとは思うが、こうして打ち明け話をしてくれたんだ。よけいなことを言うんじゃあねえぞ」

と、常連達を戒めたのであった。

「ありがてえ、親方、皆さん、心強うございますよ」

「この土地へ流れてきて、ほんとうによかった……」

円太郎とおしのは涙ぐみながら、居酒屋の人情を受け止めた。

これで八百屋の夫婦も、晴れてお夏の居酒屋の常連の仲間入りを果したと誰もが思った。

「まず、体だけは気をつけることじゃな。落ち着いたら、子を生さぬといけませんな。二人共体は丈夫のようじゃ。そろそろいかがかな?」

吉野安頓は子作りを勧めて酒を注いでやり、政吉、源三、乙次郎、為吉達も、次々と夫婦の傍へ寄って同じように言葉をかけ、酒を注いでやった。

いつもは半刻くらいで帰っていく二人であったが、さすがにこの日は夜が更けるまで飲んで語らい、仲よく夫婦で帰っていったのである。

「婆ァ、今日は好い夜だったなあ。さすがの居酒屋お夏も、あの話を聞いたら、憎まれ口のひとつも出ねえか」

龍五郎は夫婦を見送ると、政吉を供に帰っていき、それを潮に客達は店を出た。

お夏と清次は顔を見合って、含み笑いをした。

いつもながらの単純で人の好い常連達の姿がおかしかったし、やけに心に沁みていた。

「ふふふ、皆おめでたいねえ」

店の内を片付け始めた清次に、お夏は言った。

「まったくで……」

清次には、お夏が何を言わんとしているかがわかるのだ。

客達は、十年ほど前の円太郎とおしのが駆け落ちをした時のほとぼりを気にしていたが、何よりも気にかかるのは、この十年の間に夫婦がどのような暮らしをしていたか、であらねばならない。

まだ男が二十歳、女が十七くらいで駆け落ち同然に生まれ育った町を飛び出したのだ。

逃げた先で容易く幸福を得られまい。

生きていくためには、危ない橋を渡らねばならないこともあったはずだ。

それを繰り返しつつ、目黒に流れて来たと考えられよう。

今の夫婦を見ていると、悪事を思い起こさせる灰汁がまったく見受けられない。

これまでも二人寄り添って、汗水流して働いて生きてきたと思ってしまう。

だが果してどうであろうか――。

その辺りの機微をじっと見つめてやらねば、すっかりとほとぼりも冷めて、目黒で幸せな暮らしが送れるかどうかはわからないと、お夏と清次は考えている。

「さて、あの夫婦、この先どうしようと思っているんだろうねえ」

お夏は長床几に腰をかけ、煙管で煙草をくゆらした。

白い煙が輪を描き、何やら意味ありげに虚空へと消えていった。

四

「よけいな話をしちまったかなあ……」

家へ帰ってから、円太郎は思案顔をおしのに向けていた。

「ふふふ……」

おしのは亭主の顔をつくづくと見て笑った。

「何がおかしいんだよう」

「お前さんは、いつもことを起こしてから考え込むんだねえ」

「そう言われると、ぐうの音も出ねえや」

円太郎は苦笑した。

駆け落ちをした時もそうであった。

托鉢の僧に化けてみたり、油もどきをまきちらしておしのを奪い逃げてみたり
——。

円太郎がこんな大胆なことをするとは思っていなかったので、あの折は手を引かれて走りつつ、随分と驚かされたものだ。

そして、船宿から用意してあった船に乗って千住を離れた時、

「おしの、おれはとんでもねえことをしちまったなあ」

と、泣きそうな顔で言ったのだ。

その後も、方々で苦労をしたが、その度に円太郎が何とか切り抜けて、また、

「おしの、おれはとんでもねえことをしちまったなあ」

と、弱音を吐くのだ。

おしのはいつも夫のすることに従いながらも、それがために大変な想いをさせられるのであった。

「でもお前さん。あの時のことを皆に聞いてもらって、すっきりとしたよ」

おしのは悠然として言った。

「お前さんも、喋(しゃべ)っている時は随分と楽しそうだったよ」

「そうかい……」

「ああ、語りようも堂々としたものだったし、喋って居酒屋の皆が喜んでくれたのだから、わたしはちょいとばかり鼻が高かったですよ」

「苦労をかけ通しのお前に、そう言ってもらえたらありがてえや」

夫婦はとどのつまり、互いを労(ねぎら)い合い、笑顔となる。

この安らぎの瞬間があるから、日々の苦労にも耐えられるのだ。

二人が暮らす、大鳥大明神社にほど近い百姓家は、いろりがあるいどこの他に、寝間を兼ねる納戸が二間。

知り人の口利きで借りているのだが、なかなかによく片付いていて、広く見える。

来たばかりの時は、崩れかけの掘建て小屋であったが、夫婦して丹念に手を入れて、今の住まいにした。

「ほう、上手いもんですねえ……」

俄拵えの割には、器用に美しく改修している二人の姿を見て、思わず声をかけたのが、あの居酒屋のお夏であった。

「夫婦して家を建て直すというのは、道理に適っているってもんだ」

それだけを通りすがりに言い置いて、お夏は去っていった。

軽妙な口調だが、頭の天辺から爪先に至るまで、凄みを発している小母さんを、二人は初めて見た。

「いったい誰なんだろうねえ」

夫婦で噂をしていると、そのうちに目黒の名物と言われている居酒屋の女将であることがわかった。

その居酒屋の噂は何度も聞いていた。

「ここに行けば、手っとり早く目黒の住人達と、親しくなれる」

但し、女将は毒舌で通っていて、下手すると店に入ることさえ出来なくなる。

恐る恐る顔を出してみると、聞いていたより話がわかる女将で、何とも居心地がよい。

新参者だという目で見ることもなく、常連達は皆荒くれだが、不動の龍五郎という口入屋の親方の下、よくまとまっている。

そして、女将のお夏が店の内の掟を作り、何が何でもそれを守らせるので、ここは目黒の中でどこよりも安心安全なところになっているのだ。

「おやおや、夫婦して家を建てていたと思ったら、今度は夫婦して飯を食いに来たのかい。あんまり一緒にいると、すぐに飽きちまうよ」

お夏は、円太郎とおしのをそんな言葉で迎えると、後は何も言わず、何も訊かず、一汁三菜に酒を添えてくれた。

そのほど合いが絶妙で、二人はたちまちお夏の居酒屋に心を奪われたのだ。

駆け落ち同然といっても、それぞれの二親は既にこの世になく、年季奉公が明けていたおしのが、円太郎と一緒になることに何の障りもなかった。

だが、何の後ろ盾もない、若く貧しい男女は、千住を出ていくしかなかったし、それからは苦労の連続であったから、ぶっきらぼうだが、

「あんた達は、何の気がねもなく、食べて飲んでいってくれたらいいんだよ」

と、無言のうちに迎えてくれるお夏の店は、ありがたかった。

それでも、流れ者が徒(いたずら)に目立つとろくなことはない。

出しゃばらずに、少しずつ言葉を交わして、馴染んでいこうとしてきた。

そして今日は、遂に常連達に自分達夫婦の馴初めを聞いてもらうことが出来た。

「お前達の馴初めなど、どうだっていいんだよう」

そんな風に斜に構える者は一人もおらず、皆が駆け落ち話に涙さえ浮かべて聞き入ってくれた。

これほど嬉しいことはなかった。

「おしの……」

「何だい、お前さん」

「この土地に、ずっといたくなるなあ」

「ほんとだねえ」

「とはいうものの、いつまでもいられねえんだろうなあ」

「そうなるんだろうね」

「あれから一年となれば、この月の二十日。もうすぐ奴らがやって来るはずだ」

「その時、何をさせられることやら」

「そいつで何もかも決まっちまうが、どうせろくなもんじゃあねえや」

「せっかく、好い人達に巡り合えたっていうのに……」

帰ったばかりの時は、晴れ晴れとしていた夫婦は、話すうちに大きな溜息をついた。

お夏と清次が気にかけていたように、この夫婦には十年間に降り注いだ黒い塵（ちり）が、払いのけられぬほどに溜まっているらしい。

もうすぐ奴らがやって来る――。

それはいったい何者で、夫婦をどうしようというのであろうか。

五

円太郎が、かつて紙問屋からおしのを救い出した思い出を語ってから、お夏の居酒屋に夫婦が立ち寄ることはなかった。

これには、店の常連達もいささか肩すかしをくらった様子で、

「近頃、八百屋の夫婦の顔を見ねえな」

「ああ、どうしちまったんだろうな」

と、二人のことを口にした。

お夏は、夫婦の話が出ると、

「何を言っているんだい。八百屋の女房は、いったい何のために清さんから料理を教わっていたのさ」

と、窘めるように言ったものだ。

「そうか、ちょっとは料理の腕を上げたようだな」

「なるほどそういうことか……」

「かみさんが拵えた料理で差し向かいか。いいねえ」

「ここへ来て、おっかねえ小母さんの顔を見るより好いってわけだ」

客達はそう言い合って、料理の献立に困り始めたら、またそのうち来るのだろうと、気にも留めなくなったのだが、居酒屋の常連になると、周囲の者達から時にお節介の標的にされる。

居酒屋であまり噂話をすると、

「人のことより、あんたは手前の心配をしたらどうだい?」

お夏にやり込められてしまうので控えめにするのだが、不動の龍五郎が、

「日頃仲よくしている者のことを心配して何が悪いんだ」

と言うのに、お夏も異は唱えない。

よけいなお世話かもしれないが、お節介を焼いてやらねばならない局面もあるのだ。

「おいおい、八百屋の夫婦、どうしちまったのかねえ。何度か道で行き合ったんだが、何だかしけた顔をしてばかりだぜ」

車力の為吉がそう言えば、

「さっき八百屋の夫婦に会ったけどよう。もういい時分だってえのに、まるで野菜が売れてねえや」

駕籠舁きの源三が、居酒屋へ入ってくるなり小首を傾げた。

こうなるとやはり気になるものだが、

「あのねえ、八百屋はあんた達と違って、夫婦で働いているんだよ。いくら仲がよくったって、ずうっと一緒にいたらどうなる？」

「半刻もたずに喧嘩が始まるだろうな」

「おれんところも仲は好いが、稼ぎの間は顔を合わせねえから、もっているのかもしれねえな」

お夏に問われると、為吉も源三もそのように応えるしかない。

珍しくお夏の言葉に不動の龍五郎が頷いて、

「まあ、色々あるさ。そうっとしておけば好いや。所詮、夫婦のことは当人同士でしかわからねえものだからよう」

八百屋の夫婦の件は、当面見守ることになった。

それでも、お夏は円太郎とおしのについては思うところがあるようで、

「目黒に来てから一年。そろそろ心が揺れ始めたようだねえ」

と、清次に意味ありげな言葉を告げていたのである。

居酒屋の常連達が気遣う以上に、円太郎とおしのの心は千々に乱れていた。

大根、里芋、しめじ……。

この日売り歩く青物は充実していた。

近頃はおしのが清次から料理を教えてもらったことで、

「この大根は、ちょいと厚めに切って、薄出汁でゆっくりと煮るのが好いですね。油揚げなんかを加えると、もうこたえられませんよ」

町の女房達に、そんな口上を言いながら売るので、商売は順調であったのだが、

「ああ、どうしたもんだろうなあ」

「どうしたもんだろうねえ」

夫婦はというと心ここにあらず、商売にまったく身が入らない。

せっかくの野菜も籠に残ったたままだ。

日暮れてきて、これから精を出して売り歩く気も起こらなかった。

「どうする？」

円太郎はぽつりと言った。

「どうするって？　こんなに売れ残っているのに、小母さんと清さんに買ってくれとは言えないよ」

おしのは、はっきりとした口調で応えた。

「そうだよな。このまま帰ろうか？」

「そうしましょう」

迷う亭主に、決断を促す女房。

男は小心で優柔不断だ。

「こうだ！」

と決めてくれる女房がいてくれるとありがたい。

「今日は、清さん仕込みのけんちん汁をわたしが拵えてあげるよ」

さっさと歩くおしのに、

「お前がけんちん汁を？」

円太郎がふっと笑ってみせた。

「楽しみだろう」

「ちょいと恐いけどよう」

「何だいそれは」

「拵え方を覚えているかい？」

「まず昆布で出汁をとる……」

「味付けは？」

「お酒と醬油」

「好いねえ……」

「鍋に胡麻油を入れて、大根、里芋、あれこれ野菜に油揚げを炒める」

「ほどよいところで、出汁を入れてぐつぐつと煮るんだな」

「それででき上がりさ」

おしのは胸を張ったが、

「まあ、ほどよいところで、というのがむつかしいんだけどね」

すぐにしかめっ面（つら）をしてみせた。

円太郎は心が和んで、

「そりゃあ、清さんのようにはいかねえさ。だが、それだけのことをすれば、うまくねえはずはあるめえよ」

「そうだろう」

料理の話をするうちに、二人は家に着いた。

さっそくおしのが、けんちん汁を拵えたのだが、甘く香ばしい匂いがたちこめると、二人はお夏の居酒屋での安らぎのひと時を思い出していた。

鍋に出汁を入れて煮えるのを待つ間、自分達の話を、涙を浮かべて聞いてくれた、常連達の顔が脳裏に次々と蘇ってくる。

強面(こわもて)で脛に傷を持ちながらも、皆、世の中の荒波に呑(の)み込まれることもなく、懸命に生きている。

おまけに、人へのお節介も忘れない。

「おしの、おれ達もあんな風に生きていけるんじゃあねえかい」

「そりゃあ生きていけるさ。この一年、わたしら夫婦は、まっとうに暮らしてきたんだ」

「そうだな……。だが、まっとうとは言えねえや」

さ」

「まっとうな暮らしを送っている夫婦のふりをしているのが、本当のところだから

「どうしてだい？」

「そうか……。そうだったねえ……」

「奴らが来るまでに、どこか遠くへ行っちまおうか」

「あいつらから逃げられると思っているのかい？」

「そいつはわからねえ。今だって、奴らはおれ達をそうっと見張っているのかもしれねえや。だがなあ、おれ達は籠の鳥じゃあねえんだ。まともに空を飛ぼうとして何がいけねえんだ」

「お前さんの言う通りだねえ」

「正しいことをするために動いて殺されたのなら、おれは本望だ。だが、お前のことを思うと心苦しくてよう」

「何を言っているんだい。二人で町を飛び出した時から、生きるも死ぬも一緒だと、誓ったじゃあないか」

「ああ、だから心苦しいんじゃあねえか。生きるも死ぬも一緒なら、たとえ悪事に

身を置いたって、お前と少しでも長く暮らせる道を歩きてえ。そんな想いもまた過るのさ」

「その想いが、お前さんの覚悟を鈍らせるんだねえ」

二人の話が熱を帯びてきた時。けんちん汁が、ちょうどよい具合に煮えてきた。

「お前さん、まずわたしが拵えたけんちん汁を食べておくれな」

「そうしよう。こんな話をしていたってなかなか答えが出ねえ。腹に物を入れて、一旦落ち着くとするか」

「そうしよう。食べている間は、むつかしい話をするのはよしにしましょう」

「わかったよ。まず食べよう」

二人は椀に汁をよそって一口啜った。

「うん、うめえや。おしの、お前がこんなにうめえけんちん汁を拵えるなんてよう……」

温かな汁が胃の腑に流れ込むと、円太郎は幸せな気分になった。

「どこでどうおかしくなっちまったんだろうなあ……」

夫婦には悔やんでも悔やみきれぬ過去があった。

それは、手に手を取って逃げたあの日から既に始まっていたのである。

六

円太郎は、紙問屋の卑劣な企みからおしのを救い、そのまま二人で千住の外れから飛び出した。

とはいえ、遠くへ行くほどの金もない。

たちまちその日から泊まるところにも困った二人は、ひとまず向嶋（むこうじま）の荒寺に潜り込んで雨露をしのいだ。

朝になると、円太郎は日雇いの仕事を探し歩き、おしのは女易者に扮（ふん）して、盛り場を歩いて酌婦達の吉凶を占った。

こんなこともあろうかと、円太郎は筮竹（ぜいちく）を用意していて、手持ちの銭で笠を買い、それらしく見せておしのが稼げるようにしたのだ。

似非（えせ）の易者であるが、おしのは人の真似（まね）が子供の頃から得意で、遊びで易者の真似ごとをしていたのを思い出したのである。

初めのうちは、

「あなたの家の裏手に、大きな木があるでしょう」

などと問いかけて当ればよし、

「大きな木……。はて、そのようなものはありませんが……」

という者には、

「なくて何よりです！」

と応え、なくてよい理由をべらべらと並べて、それらしく見せると、これが思いの外受けた。

だが所詮は似非占いである。

たちまち、いかさま易者と見破られ、命からがら逃げた日もあった。

円太郎の方は、普請場の日雇いにありついたが、それもたった一日しか出来ず、働いて銭を貯め、どこかに住まいを見つけることなど出来なかった。

いつまでも荒寺に潜り込んで暮らすわけにもいかない。

途方に暮れていると、四十絡みで人のよさそうな男が、寺を出たところで円太郎とおしのに、

「もし、随分とお困りのようですねえ」

と、声をかけてきた。

二人は、情けなくなってきて、

「生まれた時から困っていますよ」

「放っておいてくださいな」

と、言い捨てて、そそくさと立ち去った。

荒寺に住みついている怪しい者がいると、噂が立ち始めたのかもしれない。

相手をしている場合ではなかった。

「ちょっとお待ちなさい」

男は二人を追いかけてきた。

「そう強がるものではありませんよ。困っているのはお互いさまだ。何も恥ずかしいことではない」

その言葉に若い二人は思わず立ち止まった。

心の奥底で、そんな言葉をかけてくれる人を待っていたような気がした。

「見たところ、好いた同士が世間の荒波から逃れて、二人で生きていこうと誓い合った。そうではありませんかな」

男は構わず話を続けた。

「ええ、それで困っているところですよ」

円太郎が応えた。

「仕事と住処があれば、ひとまず何とかなるのでしょう」

男は言った。

「そりゃあ、そうなれば何よりもありがたいですが。そんなに容易く二つとも手に入りませんよ」

「いや、それがすぐに手に入るのですよ」

「そう言われたって、俄に信じられませんや」

「出会うのは薄情な者ばかり、そりゃあ信じられないでしょうねえ。だが、わたしの頼みを引き受けてくれたら、本当にすぐに手に入るのですよ……」

と、男は言う。

彼は自らを、口入屋の和右衛門と名乗った。

口入屋というのは、ちょっとやくざな稼業である。

だが、仕事にあぶれた者にとっては、ありがたい相手だ。

「夫婦者にはちょうど好い仕事でしてね。同じ頼むなら、先行きのあるお前さん方のような人にお願いしたいと思ったのですよ」

と、言われると、話だけでも聞きたくなる。

すると、

「ここからほど近いところに、さるお方が寮をお持ちなんですがねえ。先だってまでいた寮番の爺さんが死んじまって、代わりになる人を探しているってわけで」

と、和右衛門は言う。

「寮番……」

確かに、これなら仕事と住まいを同時に手に入れることが出来る。

「あっしらのような、請人もいないような者でも雇ってもらえるんですかねえ」

円太郎が訊ねると、

「わたしも長いことこの仕事をしておりますからねえ。一目見りゃあ、お前さん方がどういう夫婦かは、すぐにわかりますよ。荒寺に寝泊まりをしていたって、心までは荒れちゃあいねえ。ただ添い遂げたいの一心でいる。その他には邪な想いはないとね……」

正しくそれは二人の想いそのものであった。

寮にはほとんど主人が来ることはないし、来る時はお忍びで訪れるのがほとんどなので、二人は絶えず寮をきれいにして、主人が来たら番小屋に引っ込んでいればよい。

和右衛門はそう言った。

主の名は〝さるお方〟としか言わないところを見ると、それなりの人物なのであろう。

人目に立ちたくないゆえ、時に寮へ忍びで来るのに違いない。

目的は、密談、密会、ただの骨休めに身内の宴を開くために使うのかもしれない。

となれば、寮番もひっそりと世を忍ぶ、自分達のような者がよいのだ。

円太郎とおしのは話を聞くうちに、この仕事にすっかりと心惹かれていった。

〝さるお方〟がまともな人かどうかは気になったが、二人はあれこれと望みを言える立場ではなかった。

藁にも縋る想いでいたところにこの話である。

小半刻（約三十分）もたたぬうちに、

「そんなら、どうかよろしくお願い申します」

おしのの同意を得て、円太郎は和右衛門に頭を下げていた。

「そいつはよかった。何よりだ」

和右衛門は、自分もこれで人助けが出来たし、若くて先行きのある寮番が見つかったと大いに喜んだのであった。

「あっしら二人、一切邪な気持ちは起こさずに、寮の番を務めさせていただきます……」

改まる円太郎に、

「なに、邪な気持ちが起きたって、寮ごと盗んでいくわけにはいきませんからねえ」

和右衛門はそう声をかけてくれた。

確かにそうだ。一抹の不安はあるが、何をするにも苦労はついて廻るのだ。

今の暮らしからひとまず脱しよう――。

いずれにせよこのままでは一歩も先へは進めないのだ。

やがて、和右衛門に連れられて入った寮は、諏訪明神からほど近い、寺嶋村にぽつんと建つ百坪ばかりの建物であった。

周囲は松林で、〝さるお方〟がお忍びで来るにはちょうどよい立地といえよう。

広さもほどよく、木戸門を入ってすぐのところにある番小屋も、円太郎とおしのが生まれ育った裏店（うらだな）よりも広い造作である。

「旦那は、しばらく来ませんよ。そうですねえ、一月（ひとつき）くらいしたら来るはずなので、その時は、わたしが予め（あらかじめ）伝えに来ますよ」

和右衛門はそう言うと、小粒で一両の金を、

「それまでの暮らしに使ってください」

と、手渡してくれたのであった。

「おしの……。よかったな……」

「お前さん……、こんなことってあるんだねえ」

二人は空に向かって手を合わせた。

広い寮に夫婦二人きり。

日々並んで建物の手入れをして暮らすのは夢のようであった。

番小屋に寝起きせずとも、母屋の座敷も主が来なければ、二人の部屋となった。

おしのの料理の腕は、いっこうに上がらなかったが、若い夫婦は幸せであった。

そして、一月がたとうとして、言っていた通り、和右衛門が寮を訪ねてきた。

「いやいや、きれいにしてくれて何よりだ」

和右衛門は夫婦の番人ぶりを称えてくれた。

「明日、旦那が二人の供を連れてやって来ますからよろしく頼みましたよ」

その言葉通り、いよいよ寮の主がやって来て、初御目見えとなった。

ここで初めて、主人が四郎兵衛という名であるのがわかった。

大商人や武士ではなく、どちらかというと陰の権力者ではなかろうかと想像していた円太郎とおしのであったが、引き締まった偉丈夫で、頬骨が立ったいかつい顔には、ぎょろりとした目が鋭い輝きを放っていた。

「円太郎さんかい。円さんと呼ばせてもらうよ。色々とあって、おれは人前に姿をさらしたくねえんだ。誰か人が訪ねてきても、おれはいねえと言ってくんな。通しても好い者は初めから伝えておくから、頼んだよ……」

四郎兵衛はそう言って、中へと入った。

主の世話はしなくてもよかった。

供の者達がすべてをこなしてくれたのだ。

やがて、四郎兵衛の奉公人らしき者が、さらに二人、寮へやって来た。

そしてここで何やら相談していたようだが、その二日後の夜に、皆、三々五々、寮を出ていった。

供の者がよいと言うまで、円太郎とおしのは番小屋を出るのを許されなかった。

やがて明け方になって、男達が帰ってくる物音がしたが、円太郎もおしのも番小屋でじっとしていた。

すると、昼前になって、

「よし、いつものように掃除をしてくんな」

と、四郎兵衛の供の者が小屋を訪ねてきてそう言ったので、円太郎とおしのは寮の表を掃き清めた。

夜になって、また夫婦は番小屋にじっとしているように言われたのだが、二人の不安は高まった。

四郎兵衛始め、供の者達も皆、商家の主従を装っているが、堅気とは思えない凄みがあった。

番人を小屋へ押し込んでおいて、その間に何かよからぬ取引きでもしていたのではなかろうか。

この寮はその取引き場で、日頃は仲のよい善人夫婦に番をさせる。そうして人の目をくらまして、時に集まって闇の仕事をする——。

そんなところではないか。

「だが仕方ねえや。見ぬこと清しだ。ちょっとの間辛抱すれば、また二人でいられるんだからよう」

何があっても自分達は与(あずか)り知らぬことである。

悪事を共にさせられるわけではないのだ。

見ざる聞かざる言わざるを決め込んで、ただの番人に徹しようと思っていた。

それなのに、やがて円太郎とおしのは、見てはならないものを見てしまうことになるのである。

七

その夜、円太郎は寮の内で、恐ろしい呻(うめ)き声を聞いた。既に眠りについていたので、寝呆けた頭には、それが化物の叫び声に思われ、彼は思わず番小屋の外へ飛び出したのだ。

すると、庭に血まみれの男が一人、倒れていた。寝呆け眼(まなこ)にも、それが四郎兵衛から名を聞いて寮へ通した奉公人の一人であるとわかった。

その横には、血刀を携えた四郎兵衛がいた。

「何があっても出てくるなと言ったはずだぜ」

四郎兵衛は、恐怖に戦(おのの)く円太郎を睨みつけた。

円太郎はその場にしゃがみ込んでしまった。

夫の様子が気になって出てきたおしのもこれに続いた。

「まあいいや。これでお前らも仲間だ。かえってこの先使い易くなったってもんだ」

四郎兵衛はニヤリと笑った。

四郎兵衛の正体は、凶悪な盗人(ぬすっと)の頭目であった。

この寮は、盗み働きをする時の隠れ家になっていたのだ。

殺された男は、四郎兵衛の一党の乾分で、どこかへ押し込んで、奪った宝と共にこの寮へ引き上げてきたのだが、こ奴が宝をくすねて逃げようとしたらしい。

寮番は何も知らぬ方が世間の目眩ましになると考えた四郎兵衛は、手下の和右衛門を口入屋として市井に送り込み、ここの住み込みにしがみつきそうな若い夫婦を得たのだ。

そっと様子を窺うと、夫婦はしっかりと寮番の仕事をこなし、よけいな真似はしなかった。

悪くはない。

だが秘密を知られた上は、自分達も仲間であると思い知らせた状態で、仕事を手伝わせることにしたのだ。

二人は四郎兵衛一党に組み込まれてしまった。

こうなったら、夫婦で手下となって暮らすしか道がなかった。

与えられた仕事は、これまでと変わらなかった。

虫も殺さぬ穏やかな夫婦を装って、一党の隠れ家の番をするのだ。

裏切れば殺される。

それをまのあたりにした円太郎とおしのは、穏やかな寮番夫婦を、四郎兵衛に言われた通りに演じた。

盗みには加わらずともよし、四郎兵衛一党が盗み働きに手を染めるのは、年に二、三度であるから、甘んじて一党に組み込まれて生きていこうと思ったのだ。

貧乏暮らしを続けてきた二人にとって、隠れ家の番をしているだけで、人並以上の暮らしが出来るのは魅力であった。

紙問屋からの仕返しがあるかもしれないのだ。こうしてひっそりと暮らすのは、ほとぼりを冷ますにはうってつけだ。

こうして、円太郎とおしのは、盗人の隠れ家を、四郎兵衛の使い勝手のよいように改修したり、世間の隠れ家に対する評判も巧みに収集して、疑われないよう努力を怠らなかった。

四郎兵衛は、人となりに悪人の灰汁のない円太郎、おしの夫婦が便利になって、それ以後、和右衛門に段取りをさせて、隠れ家をいくつか替えた。

向嶋から根岸、鉄砲洲と寮を移し、その地域で盗み働きをしたのだ。

四郎兵衛が巧みなのは、五、六人で勤めをして、何千両という欲張ったお宝を求めないところだ。

円太郎はその場を見たことがないゆえ、どのように盗み出すのかは知らなかったが、家人が少なく、いかにも金を貯め込んでいるようなところを狙って押し込むようだ。

逆らえば容赦なく殺す。速い動きこそが安全の本なのだ。

そうして、盗人の隠れ家の番人として、夫婦の時は流れた。

この間、和右衛門によって、紙問屋の没落、出入りのやくざ者がお縄になったことなどが、二人の耳に入った。

いつも一緒にいて、夫婦の絆は深まったが、そのうち四郎兵衛が捕えられ、自分達にも累が及ぶのではないかと、それを気にしてばかりいた。

「明け方までに帰ってこなければ逃げろ」

四郎兵衛は、盗みに出る時には円太郎とおしのにそう言った。

自分のためによく勤めてくれた夫婦を気遣ったのではない。

逃亡中に夫婦が捕えられると、不利になるからだ。

しかし、そういう用心深さも、夫婦にとっては頼りとなった。

そうこうするうちに、一年前にやって来たのが目黒の地であった。

どこを狙うつもりかは知れなかったが、江戸の片田舎である。一度きりの盗み働きをして、しばらくどこかへ潜伏して、また次へと行く、繫ぎの場として考えているのだろう。

和右衛門は、空き家の百姓家を借りてきて夫婦を住まわせた。

さる商家の隠居を迎えるために、夫婦が改修をしている体にしたのだ。

出来上がったら、四郎兵衛はここを根城に盗み働きをして、それがすめば、

「お迎えするご隠居様が、お亡くなりになってしまいましてねえ」

と、夫婦はまた次の隠れ家へと移る段取りになっていた。

この頃になると、円太郎、おしのもそれなりに度胸が据ってきて、盗人一味である自分達を不思議にも思わず、罪の意識も薄らいできた。

世間から逸れてしまった子犬が二匹、世の中の片隅で懸命に生きようとしているのだ。何が悪い。

そんな風に開き直っていたのである。

ところが、この地に来たことが、夫婦に新たな暮らしと苦悩を与えるのだ。

百姓家の改修をしていると、

「ほう、上手いもんですねえ……」

声をかけてきたのがお夏であった。

その時はまだ、行人坂を上がったところにある居酒屋の存在すら知らなかったが、人里離れた山奥から下りてきて、久しぶりに温かい人の情に触れたような気になった。

そして、恐ろしいことが起こったのだ。

目黒の地の平和に、すっかりと浸っていた夫婦の前に、突如二人の賊が侵入してきたのだ。

賊は男女の二人組で、

「何だ手前(てめえ)は！」

円太郎が棍棒(こんぼう)で打ちかかると、男はそれをさらりとかわし、何がどうなったかもわからぬままに棍棒を取り上げられ、逆に腹を突かれていた。

低く呻いて、蹲(うずくま)る円太郎に、おしのは庇(かば)うように寄り添ったが、女は朱鞘(しゅざや)の短刀を抜くとそれを一閃して、夫婦の眼前に突きつけた。

恐るべき早業である。

その白刃の上には、切断された燭台の蠟燭（ろうそく）があり、怪しげな炎を揺らめかせていた。

二人は声が出なかった。

女は御高祖頭巾（おこそずきん）、男は覆面をしていて顔がわからないが、只者ではない。

「いいかい。ようくお聞き……」

女はその声といい、佇（たたず）まいといい、実に妖艶で、この世の者とも思えなかった。

「今日からお前達は、あたしの下で働くんだよ」

円太郎とおしのは、目を丸くした。

「お頭の四郎兵衛と和右衛門は死んだよ」

「な、何ですって……」

「乾分の二人が勝手な真似をして役人に追われ、手向かって斬られたようだ……」

一度たがが外れると、悪党の一味などすぐに崩れていくものだ。

乾分のことを知った四郎兵衛は、和右衛門と、もう一人の乾分を連れて目黒へ入

ったのだが、斬られた二人の乾分に、頭に内緒の盗みを勧めたのがこのもう一人の乾分と知れて、

「手前(てめえ)、裏切りやがったな……」

と、太鼓橋西方の岸辺でこ奴を始末した。

「お頭、こうなったからには、このまま江戸を出ますかい」

和右衛門の言葉に四郎兵衛は頷きつつ、

「その前に、後腐れを断たねえとな」

「殺(や)っちめえやすか……」

二人の間で、百姓家の番をさせている夫婦の口封じをしておこうと話が決まったのだ。

「四郎兵衛というのは、あたしの商売仇(がたき)でねえ。このところこの辺りを狙っていやがると聞いたから、そっと様子を窺ってみたら、仲間割れを始めやがった。あげくにお前達の口封じをしようというじゃあないか。ひどい奴らだよう。だからあたしが二人を……」

女は意味ありげに頷いた。

「殺してしまったと……」

やっとのことで円太郎が口を開いた。

「仲間割れで三人共、死んじまった。そうしておいておくれな」

「仲間割れで……」

「そうして、お前達は今日からあたしのために働くのさ。信じるか信じないかは勝手だが、奴らはお前達の口を封じようとしていたんだ。命あるのはあたしのお蔭なんだからねえ」

「へ、へい……。信じます……」

円太郎は頭を下げた。

そうするしかなかったといえる。

このままいけば、自分達の命は助かり、新たな頭の下で仕事を続ければよいのだ。

「そ、それで、どうすれば好いんですかい？」

「一年の間、ここに住んで汗水流して夫婦して暮らすんだ」

「へ、へい……」

「それで、この辺りの者達と馴染んでもらおうか」

「馴染んで、誰からも疑われねえようにしろってことですかい」

「お前は話が早いじゃないか。夫婦で健気に生きている……。誰の目からもそう見えるようになるんだよ。もしも一年待たずにここから逃げ出すようなことをすれば、あたしは地獄の底まで追いかけて、殺してやるからそう思いな。二人一緒には殺さないよ。どちらか一人は生かして、何よりも辛い想いをさせてやる……」

女は脅すだけ脅すと、

「一年たったらまた来るよ。それまではしっかりと働きな」

そう言い置いて二人の前から消え去ったのだ。

女の言ったことは本当であった。

太鼓橋西方の川岸で、四郎兵衛達と思われる男三人が匕首を手に倒れているのが、次の日になって明らかになり、ちょっとした騒ぎとなった。

三人は盗賊で仲間割れを起こしたとされた。

円太郎とおしのは、生きるために女に言われた通りの夫婦を演じることにした。

迎えるはずの隠居が死んでしまった。自分達はそれで仕事を失った。ここに住んで働いて暮らしたいので、家賃は払えるくらいの額にしてもらいたいとまず家主に頼みに行った。

ここを手配したのは和右衛門であったが、和右衛門は名を変え間に幾人も人を介していたので、家主もまさか、仲間割れで死んだ盗人が絡んでいるとは思ってもみなかった。

夫婦はいかにも正直で働き者に見えたから、家主としてはどうせ放ってあった空き家に人が住んでくれるだけでもありがたいのだからと、安い店賃で貸してくれた。

その上に、近在の百姓から青物を仕入れられるように取りはからってくれたのだ。

夫婦は、ほとんど人とかかわってこなかったので、目黒の人情を受け止めて、懸命に働いた。

かつて互いの二親が棒手振りをして、汗水流して働いて自分達を育ててくれたことを思い出すと、生きている実感が湧いてきた。

すると、声をかけてくれた女がお夏という居酒屋の女将と知り、道で出会うと、

「夫婦して精が出るねえ！」

また声をかけてくれた。

そうして一年が過ぎた。

あの謎の女に言われた通り、今では誰からも働き者の正直夫婦と思われて、見事に町に馴染むことが出来たのであった。

だが、そうなるともう、悪事の先棒を担ぐのが嫌になってきた。

「やがて奴らがやって来る……」

その時は何をさせられるのであろうか。

それを考えると、胸が張り裂けそうになるのであった。

まっとうに生きる者と、そうでない者の違いは、どこで分かれ行くのであろうか。

おしのが一年たって覚えたけんちん汁の味には、居酒屋の厚い人情がこもっている。

あの人達に何もかも打ち明けてしまいたい。

しかしそうすれば迷惑がかかるかもしれない。

夫婦の想いはどちらも美しい。

「おしの、ここで覚えた人の情を懐に入れて、遠くへ行こう。奴らに捕まった時は、殺される前に二人で死のう」

けんちん汁を食べ終えた二人の答えは、結局そこに行きついたのである。

八

円太郎とおしのが、けんちん汁を食べて、自分達の行末を嘆き、考えている頃。

「おい、もうそろそろ誰か、一杯飲みに来ねえと、誘ってやっても好いんじゃあねえかい？」

お夏の居酒屋では、不動の龍五郎が常連達相手にそんな話をしていた。

「もうそろそろ？　何日もたってないじゃあないか」

お夏が咎めるように言った。

「だがよう、あんなに好い話をしたってえのに、それからぱったりと来なくなるってえのは気になるじゃあねえか」

「だから、かみさんの手料理がことの外おいしいんだろうよ」

「うめえったって、清さんの料理には所詮敵わねえだろう」

「照れくさいんだよ」

「何がだよう」

「紙問屋に似せ油をぶちまけて、惚れた女を連れて逃げたなんてさあ」

「そうか。照れくせえか」

「あんたが死んだかみさんとの馴初めを話したとしたらどうだい？」

「そりゃあまあ、照れくさいだろうな」

「そうだろ。聞かされる方は気持ちが悪いし」

「婆ァ、気持ち悪いってえのは何だ！」

「ふふふ、まあそのうちやって来るさ。もっと恥ずかしい話をしにさあ」

「なるほど、そういうものかもしれねえな」

龍五郎も老いたのかもしれない。近頃はお夏の言葉に半分くらいは相槌を打つようになった。

「まず今日も店には来そうにないから、早めにお開きにしたらどうです？　あたしも歳のせいかねえ、何だか今日は疲れたよう」

「婆ァもとうとうやきが回りやがったか。今日はこれくれえにしといてやらあ」

龍五郎は勝ち誇ったように憎まれ口を叩くと、常連達を率いて帰っていった。

「冗談じゃなく、疲れてきたよ……」

お夏は清次に頬笑むと、

「だが、そろそろ本当に声をかけてあげた方が好いかもしれないねえ」

「ええ、打ち明けたくても打ち明けられねえ、まだまだそんな話があるんでしょうよ」

清次と二人で八百屋の夫婦に想いを馳せた。


さて、その夜のこと。

円太郎とおしのは、出ていく支度をしていた。

家主には、のっぴきならないことが出来て出ていきます。お許しください、との詫び状に添えて一分の金子を、そっと家に忍ばせる段取りを立てた。

あれから一年となると九月二十日になる。

まだ訪ねてくるには間があろう。

逃げるにしても闇雲に飛び出したのではどうしようもない。

あらゆる設定を頭に描いて、二人で策を練った。

懸命に働いたお蔭で、少しは路銀の貯えも出来ていた。

ひたすら賑やかなところへ出て、そこからどこかに潜り込もう。

奴らも目立ったことはしたくないだろうし、自分達二人がいなくなったとて、何も困るまい。

下手に追いかけては藪蛇なのは、相手もわかっているはずだ。

あの時は恐怖が先に立って、とにかく奴らの言いなりになるしかなかった。

そして、言われた通りにしてみると、思いの外に暮らしが充実したのでここまできたが、考えてみればそこまで町に馴染んだとて、自分達にどれほどのことが出来るというのだ。

「おしの、どうってこたあねえぜ。気持ちをしっかりと持って明日の昼間にでも出て行こう」

円太郎は、おしのを励ますように強い口調で言った。

その時であった。

「ここを出て行くってえのかい？」

納戸で女の声がした。

はっとして身を寄せ合う円太郎とおしのであった。

納戸の戸が開いた。

すると、そこにはいつどこから忍び入ったのであろうか。あの女と覆面の男が立っていた。

相手はそう甘くはなかった。

「お願いです！　あっしら夫婦を堅気に戻してやっておくんなさい！」

「どうか、見逃してくださいまし！」

円太郎とおしのは額を床にこすりつけた。

女はしばし黙って二人を見ていたが、

「ここを出て行くことはないさ。お前達の前にはもう二度と現れないよ」

やがてぽつりと言った。

「え……」

首を傾げる夫婦に、

「町の者達と馴染めとは言ったが、ここまで馴染んでしまったらもう悪事の片棒を担ぐこともできまい」

女は付け加えた。

「そんなら、あっしらを……」

「貧しくともまっとうな暮らしがしたくなった者とは、一緒に仕事はできない。始末すりゃあ面倒を背負い込むだけさ。それに……、もう少し、この町にはお宝が眠っていると思っていたが、見当違いだったよ。せいぜい仲よく暮らすが好いや」

女は覆面の男を連れて、裏庭へと出た。

「あ、あの……」

円太郎はそれを呼び止めた。

「何だい？」

「ど、どうして、あっしらを見逃してくださるんで……」

女は振り返ると小さく笑って、

「悪い奴ってえのはねえ、思いの外、きれいなものを見るのが好きなのさ。それで時折、無性に好いことをしたくなるものなんだよ。お前達はこのまままきれいでいな」

と言い残し、闇の中へと消えていった。

円太郎とおしのは、しばしその場で放心していたが、去っていった女の言葉に偽りがないと確信すると体が震えてきた。

明日が来るのが待ち遠しい。

忘れてしまった感情が、一気に噴き出したのだ。

「おしの……」

「お前さん……」

二人は抱き合って、おいおいと泣いた。

「どうしよう。おれは一晩中外を走り廻りてえ気分だぜ」

「馬鹿だねえ。わたしはそんなに走れないよ」

「この喜びを誰かに伝えてえや」

「明日、お夏さんの居酒屋へ行こう。そこで、皆さんに隠していたことを洗いざらい言っちまいましょうよう」

「そうだな。打ち明けたって、おれ達を悪いようにはしねえだろう」

「十年の間の胸の痞を取っ払いたい……」

「そうだな、うん、そうしよう。おしの」

「何だい？」

「明日からまたよろしくな」

「何言ってるんだよう」

「こんな時は、お前が頼りなんだよう……」

九

「なるほど、それでその八百屋の夫婦が店に駆け込んできたというわけで。ははは、こいつは好い話だ」

牛頭の五郎蔵は、上機嫌であった。

この日は九月の晦日。

高輪南町の料理屋〝えのき〟での味見の会でのことである。

「元締、おもしろい土産話を頂戴しましたねえ」

会主の榎の利三郎も相好を崩した。

ほっとした表情のお夏を見て、清次の表情も晴れやかである。

清次の予想通り、魚は鯖、鯛、鱒、野菜が大根、里芋、きくらげ、しめじを盛り込んだ料理が出された。

そうして、お夏と清次が利三郎に勧められるがままに味見をして、さらに利き酒をする。

相伴するのが五郎蔵というわけだが、これは味見の会を口実に、五郎蔵がお夏と清次相手に一杯やって語らいたいために設けた一席なのだ。

お夏は土産話に、八百屋夫婦の話をした。

居酒屋に駆け込んできて、

「十年かけて、やっと人並の夫婦になりましたよ。でもこのままで好いんですかねえ……」

と、心ならずも悪事に加担していた自分達を恥じて、何もかも打ち明けた円太郎とおしの話である。

本来ならば罪を償わねばならぬ身だが、

「脅されてしたことは罪にはならねえ。盗みを手伝ったわけでも、人を殺めたわけでもねえんだからよう」

不動の龍五郎の言葉と、それに一斉に相槌を打つ常連達からの励ましを受け、

「みんな夢だったと思えばいいさ。なあ皆、おれ達は今、夢の話を聞かせてもらったんだなあ……」

と、話はまとまったのだ。

「まずこの五郎蔵も、利三郎も、その八百屋の夫婦の肩を持たせてもらいますよ」

五郎蔵は利三郎と共に胸を叩いたが、

「お夏さん、話の続きを聞かせてもらいましょう」

やがて楽しそうに笑ってみせた。

「話の続き……」

「その、御高祖頭巾の女と覆面の男の話ですよ」

「ふふふ、やはりおわかりですか」

「わかりますよ。どう考えたってその二人はお夏さんと清さんだ。人のよさそうな夫婦と見て、一年の間まっとうな暮らしをさせたんでしょう」

五郎蔵はしてやったりという表情となった。

「百姓家に手を入れている夫婦を見かけて、何となく気になった。好い夫婦なのにどこか翳(かげ)りがある。そうこうするうちに、怪しげな連中がうろついているのを見かけて様子を窺ってみれば人殺しだ。おまけに、奴らはあの夫婦を殺そうとしている。そこで二人の出番だ。それにしても、お夏さんも清さんも、恐ろしいまでに勘が働きますな。日々ぼんやりと暮らしている連中ばかりだったら、八百屋の夫婦は一年前に殺されていたでしょうな……。ええ、その夫婦はまったくついている。とどのつまり、お天道様が生かしてくれたということですな。まったく好いお話でしたよ……」

しみじみと思い入れをする五郎蔵を見ながら、お夏と清次は照れ笑いを浮かべていた。

悪い奴とはいえ、四郎兵衛と和右衛門を、二人で屠っていたのだから——。

やがて座敷へ運ばれてきた次なる一品は、大根であった。

分厚く切った大根を、刻んだ油揚げと共に薄出汁でことことと煮たものに、刻み葱をふりかけ、とろろ昆布を浮かべてある。

「これはいけますねえ」

お夏が唸った。

傍らで清次が何度も頷いた。

利三郎は会心の笑みを浮かべている。

薄出汁にとろろ昆布をからめることで、えも言われぬこくが出ている。

お夏と清次は顔を見合わせ、

――こんな料理は奥が深いが、とりあえず拵えることはできるから、今度あの八百屋の夫婦に教えてやろう。

と、まだまだ青臭い、円太郎、おしの夫婦の顔を思い浮かべていた。

第二話　酌取り父娘

一

「こいつはお久しぶりでございます。いえ、旦那がおいでと聞きましてね……」
というのが、店に入ってきた時の決まり文句のように、口入屋・不動の龍五郎を始めとする常連達が、〝旦那〟目当てに次々とお夏の居酒屋に現れた。

とどのつまりは、誰がいようがいまいが彼らは一杯やりに来るのだが、まだ日の暮れぬうちにこうして寄り集まるのは、この旦那がいかに皆に慕われているのかがわかるというものだ。

旦那とは濱名茂十郎（はまなしげじゅうろう）である。

かつては定町廻り（じょうまちまわ）同心として、目黒界隈に睨みを利かせていたのだが、腕が立ち情に厚い好漢で、荒くれ達からは特に人気があった。

兄の又兵衛が謎の斬り死にを遂げた後、その同心職を継いだのだが、兄の仇であった千住の市蔵こと小椋市兵衛を追い込む過程でお夏の裏の顔を知ることになった。

そうして共闘し、お夏の母の仇でもあった市兵衛を彼女が討ち果した後、茂十郎は兄の子である又七郎に職を譲って致仕した。

それからは、予てからの望み通り、方々の剣術道場で剣を学び、指南を請われて出稽古に赴き、悠々自適に暮らしていた。

お夏の正体については、知らぬ顔を決め込んだゆえ、一時は目黒に寄りつこうとはしなかった茂十郎であったが、ほとぼりも冷めたと、このところは時折、お夏の居酒屋に来て、一杯やるようになっていた。

思い出深い目黒の地が恋しいのと、又七郎の援護が出来ればと考えてのことだと、お夏と清次は、それを頬笑ましく見ていたのである。

「よう。皆、相変わらずで何よりだな」

茂十郎は、寄ってくる常連達にいちいち声をかけてやっていたが、

「今日はここで、人と会うことになっているのさ」

と、言う。

「そうでしたかい……」

龍五郎は、お夏の顔を見た。

誰が来るのか聞いているのか？

彼の目はそう言っていたが、お夏は首を横に振ってみせた。

清次共々、茂十郎が誰と待ち合わせているのか、何も知らされていなかったのだ。

茂十郎は、その気配を察して、

「ははは、もったいをつけているみてえだな。谷山の小助を呼んであるのさ」

さっぱりとした声で告げた。

「谷山の親分を……？　そいつはまた珍しいことで……」

龍五郎の横で、政吉が小首を傾げた。

谷山の小助というのは、かつては茂十郎の下で手先を務めた、御用聞き・牛町の仁吉の乾分である。

仁吉は今、濱名又七郎に付いて、お上の御用を立派に務めているのだが、芝、高輪から品川での用が忙しく、目黒のことは小助に繋ぎを取らせていた。

小助は目黒不動門前にある長徳寺近くの傘屋に住んでいるのだが、仕事熱心ではあるものの、それが空回りしていて、処(ところ)の者達からはあまり人望がなかった。

お夏の居酒屋にも、又七郎や仁吉に付いて来ることはあるが、一人でふらりと顔を出したりはしない。

それゆえ、茂十郎の口からその名を聞くとは意外であったのだが、ぱっとしない男だけに、

――たまには様子を訊いて、引き立ててやろうか。

と、茂十郎は思ったのであろうか。

常連達がそんな風に想いを巡らせていると、やがて小助がやって来た。

「こいつは親分、ご苦労様で……」

常連達は、口々に愛想を言うと、茂十郎の周りから離れていった。

小助は一同に会釈すると、

「旦那、声をかけてくださるなんて、嬉しゅうございますよ」

茂十郎には平身低頭で、まず酌をした。

「忙しいところを呼び出したりしてすまなかったな」

茂十郎は、お夏に新たに酒を頼むと、小助に頬笑んだ。

「とんでもねえ……。ちょうど暇にいたしておりやしたから……」

小助は言いかけてすぐに口を噤んだ。

今現在、濱名又七郎から仁吉を通じて申し付けられている案件がないわけではないのだ。

どうせ大した案件ではないのだという、小助の本音がぽろりと出てしまったといえる。

茂十郎はふっと笑って、

「ちょいとお前のことを小耳に挟んだのでな。気になったってわけよ」

「あっしのことを……。もしかして、それは女房の……」

「そうだよ」

「旦那、その話は……」

小助は口ごもった。

「どうせわかることなんだ。恰好をつけてねえで、ここで一杯やりながら、笑い話にすりゃあ好いいんだよう」

茂十郎は諭すように言った。

「へい」

小助は神妙に頷いた。

「どうせお前が、いらくらとして、小うるせえことを言って女房を怒らせちまったんだろう」

「まず、そんなところでございます」

小助の女房は、お辰という。

傘屋の女主人で、かつて小助は傘作りの職人で、目黒へ出て来てからは、お辰の店で働きながら、牛町の仁吉の用を務めていた。

そしてそれが縁となって、お辰と夫婦になったのである。

仁吉から目黒辺りを任されているとはいえ、実質は仁吉の下っ引きで、同心の旦那や親分からの小遣い程度では暮らしていけなかった小助は、お辰と夫婦になったことで、

「谷山の親分」

などと呼ばれて、それなりの貫禄を身につけられたといえる。

とはいえ、小太りで童顔の小助は、

「親分」

などと言われると、好いところを見せないと馬鹿にされると思うのか、何かにつけて気負ってしまい、ちょっと威張ってみたりする。

そうなると町の者達は、少々住まいが離れていても、何かことあれば牛町の仁吉に話を持っていく方がよい、となる。

仁吉は困ったものだと思いつつも、町の者達の気持ちもわかるので、小助には小廻りの用しかさせなくなる。

すると小助は素直に自分の状況を認められず、

「ああ、おれはついてねえや」

などと、町の者達から好かれる努力をしようともせず、家で拗ねてみせる。

亭主の威厳を見せようと、お辰に偉そうな態度をとることもしばしばであった。

だが、お辰はそういう小助をただやさしく見守る女ではない。

かつては谷中で水茶屋の茶立女として勤め、世間の荒波を乗り越えて、目黒で傘屋を始めた強い女なのだ。

「あ～あ、そんなしけた顔をした男に、毎日文句を言われる身にもなってもらいたいもんだねえ。気晴らしにどこか湯治にでも行きたいよ」

と、声高らかに言う。

そもそもここはお辰の家なのだ。小助は怒鳴り返すわけにもいかずに、

「行きたきゃあ、どこへでも行くがいいや」

呟(つぶや)くように言い返すと、

「そうかい。そんならそうさせてもらうよ。店の方はよろしくね」

お辰はそう応えて翌朝荷物を調え、水茶屋にいた頃の仲間で、暇を持て余しているという囲い者の女のところへ行くという。

予々(かねがね)、箱根の湯に誘われていたのだそうな。

小助は頭を下げて引き止めるのも癪(しゃく)に障るので、

「好きにすりゃあいいぜ」

と背を向けたのだ。

「それで、かみさんは行っちまったのか」

「へい。一昨日のことでございます……」

「ははは、おもしれえ女じゃあねえか。おれはそういうの好きだねえ」

茂十郎は、小助から話を聞くと大いに笑った。

「なあ皆！　おもしれえ話だろう」

そうして、渋い表情の小助を尻目に、常連達に水を向けた。

茂十郎から話を振られると常連達も、

「親分、うちじゃあそんな言い合いは毎日ですよう」

「湯治に行かしてやったと思えば好いですぜ」

「あっしの嬶ァも、ふらりとどこかへ気晴らしに行ってくれりゃあ好いがなあ
……」

「ああ、こっちもその間に命の洗濯だ」

口々に言い立てた。

それを聞くと、確かにそうだと頷けるのだが、小助にしてみれば、お辰が出ていってしまったことを皆に知られたのが恥ずかしい。

常連達に笑顔を向けられずに、茂十郎の前で俯くしかなかった。

茂十郎はそれが気にくわない。

「小助、お前ももう三十八なんだろう。自分の恥を笑いとばせるくれえでねえとどうするんだよう」

と、窘めた。

「へい。仰る通りで……」

「だが、性分はなかなか直らねえと言いてえんだろう」

「畏れ入りやす」

「お前は御用聞きに向いていねえわけじゃあねえ。一旦動き出したら、休むことを知らねえ。そいつは大したもんだ。おれは隠居の立場だからかえって世間が見える時もある。だからお前には、しっかりと又七郎の助けになってやってもらいてえのさ」

茂十郎にそう言われると、一言もない小助であった。

「旦那に目をかけていただいて、これほどのことはありませんや」

小助はますます神妙な面持ちとなったが、性分はなかなか直らない。

茂十郎の前に畏まって、ただ酌をすることしか出来なかった。

そういう小助の心情がわからぬ茂十郎ではない。

「まあ飲め……」

と小助に話しかけ、早い間合で、

「近頃はこの辺りにも夜になるとおかしな野郎が出るってえから、見廻りを頼んだぜ」

と言って帰してやった。

小助は馴染みが薄く、女将のお夏を始めうるさい連中が揃っているこの居酒屋からは、少しでも早く出たかったので、茂十郎の気遣いをありがたく受け止めて、

「そんなら旦那、ちょいと行って参りやす。どうもありがとうございました……」

茂十郎に深々と頭を下げると、常連達にはまたひとつ会釈をして、お夏の居酒屋を出たのである。

茂十郎にあれだけ諭されても、まだ素直になれない小助に、客達は苛々したが、

「まあ、人の性分というのはなかなか変わりませんよ。ふふふ、困ったもんですねえ……」

こんな時は、お夏の一言でまた、いつもの居酒屋に戻るのだ。

すると政吉が、

「旦那、谷山の親分てえのは、三十八なんですかい？」

と、素頓狂な声を出した。

「それが、三十八なんだよう。しっかりと励んでもらわねえとな」

茂十郎は苦笑いを浮かべた。

これには龍五郎も笑い出して、

「おれは三十二、三だと思っていたぜ」

と、首を捻った。

童顔で小太りなので、人からなめられないように恰好をつけているのであろうが、それでもまだ、五、六歳も若く見えるとは——。

それを思うと小助が憎めなく思えてきて、

「そういえば、あの親分も目黒に来て、七、八年になるはずだが、どういう人かはほとんどわかっちゃあおりませんでしたよ」

龍五郎が茂十郎にそう言って酌をした。

お夏は清次と顔を見合って小さく笑った。

今日を境に、谷山の小助も居酒屋の常連達に、その来し方を知られるのであろう。

それが彼の目黒での立ち位置をどう変えるのか、または何も変わらないのか。

――まあ、どうだって好いことだ。

お夏は茂十郎に群がる常連達に背を向けて煙管で煙草をくゆらせたが、彼女の耳はしっかりと動いていたのであった。

二

行人坂を下っていく谷山の小助の足取りは重たかった。

――濱名の若隠居も、ありがてえような、迷惑なような。

彼は何度も溜息をついていた。

――今頃は、おれの話をしているんだろうよ。

濱名茂十郎が言ったように、己が恥などは、何ごとも笑いとばしてしまえばよいのだろうが、

――居酒屋の客達は笑いものにしやがるんだろうなあ。

何かというと集まって騒ぐ、人へのお節介が道楽のような連中が、小助はどうも

気に入らなかった。

女将のお夏、料理人の清次には、濱名茂十郎、又七郎二代にわたって一目置いていて、何か起きた時はお夏の智恵を借りている。

だからといって、お夏も清次も決して出しゃばった真似はせずに、

「うちの居酒屋に出入りしているような連中の言うことですからねえ。大したお話もありませんが……」

と、問われた時の応えようも控えめで心得たものだ。

それだけに、親分の仁吉も、

「口は悪いが、ああいう小母さんがいると、おれ達は助かるってもんだ」

などとお夏を評しているから、小助としても居酒屋を腐すことが出来ない。

それゆえに、余計に苛つくのである。

「谷山の親分に相談するなら、くそ婆ァの居酒屋でおだを上げている方が、よほどためになるぜ」

そんなことをぬかす奴もいると聞いている。

茂十郎は、お夏の居酒屋を避ける小助に、

「御用の筋は、どんなところでも、役に立ちそうなところがあれば、そこに首を突っ込む覚悟がねえといけねえぞ」

と、言いたかったのであろう。

それゆえ気遣ってくれたのであろうが、

──あの居酒屋は仁吉親分に任せておけばいいや。おれが出張ることもあるまい。

小助は、やはり恰好をつけてしまうのである。

目黒へ来てからは、何があっても、

「弱みは見せねえ」

と、心に誓った小助であった。

そもそもは三田同朋町（どうぼうちょう）の傘職人の息子に生まれたのだが、男伊達（おとこだて）に憧れつつ、小太りで童顔では目立つこともなく、

──いつか男をあげてえ。

という想いだけが先走りしていた。

そのうちに、いつも颯爽と町を行く、御用聞きの牛町の仁吉に出会い、

──そうだ。おれはお上の御用を務める男になりてえ。

そんな想いに囚われた。

ある日、たまさか仁吉と町で行き合った小助は、

「すまねえが、こいつを近くの番屋に届けてくれねえか」

と、仁吉に頼みごとをされた。

――親分はおれを覚えてくれている。

敬愛する仁吉とばったり出会い、お上の御用を頼まれるとは、嬉しくて堪らなかった。

ただ、番屋に繋ぎを取るだけの仕事であったが、小助は大いに興奮した。

誰よりも速く駆けてやろうと思い、用を果したのであった。

仁吉はその心がけを認めて、

「お前、なかなかやるじゃあねえか」

と、引き廻してくれるようになった。

だが、自分を乾分にしてくれとはなかなか言えなかった。

それでも想いは募り、

「親分、何かお手伝いすることはありませんかい?」

何かにつけて仁吉の許を訪ねるようになった。

仁吉は小助の想いを汲んで、

「お前は、おれの下で働きてえのかい？　そんならよしにしな、下っ引きなんぞしたところで銭にもならねえ。食っていけねえからよう」

やんわりと乾分にはしてやれない、と伝えたのであるが、

「方便については大丈夫でございますから」

と、小助は強気であった。

彼は傘職人であったが、女房は常磐津の師匠で、暮らし向きには困らなかったからだ。

というよりか、手に職のある女房がいれば、下っ引きの仕事に没頭出来ると思って、一緒になったといえる。

常磐津の師匠は町の人気者である。

その女と一緒になれたのだから、その縁を大事にするべきだと、仁吉は渋ったが、小助の熱意にほだされて、遂に下っ引きとして使うようになったのだ。

その時のことを思うと、

「あん時がおれの何よりも好い時だったのかもしれねえな」

今さらながら胸に込みあげる。

だが、小助が仁吉の期待に応えようとすればするほど、

「お金にもならないことに、命をかけるなんて、どうしようもない馬鹿だねえ」

と、女房は吠える。

遂にはまだ幼い娘を連れて、家を出てしまった。

「それ、言わねえこっちゃあねえ」

仁吉は既に己が乾分になっていた小助を、このまま見捨てるわけにもいかなかった。

自前で丸形十手まで拵えていた小助は、陰では、

「十手馬鹿」

と、揶揄（やゆ）されていた。

おまけに女房に逃げられたとなれば、三田に居るのも辛かろう。

それで、新たに目黒の地で暮らせるよう段取ってやったのだ。

幸いにも傘職人としての腕がある。

そのうちに、そっちの方が忙しくなれば、下っ引きの仕事は、仁吉の住処から少し離れた目黒での繋ぎ役くらいにして、

「十手はおれの道楽でねえ」

などと笑って暮らせるだろう。

仁吉はそう思ったのだ。

小助は、仁吉の思いやりを受け止めた。

ありがたいことだと大いに喜んだ。

仁吉を男と見込んで乾分になれてよかったと心底思った。

そして、惚れ込んだ親分だからこそ、十手でお返しをしたかった。

傘職人としての仕事は、お辰の傘屋で商う傘の製造と直しであったが、店では合羽や草鞋（わらじ）などの雑貨も売っていて、傘の商いにそれほど重きを置いていなかった。

そもそもお辰は、水茶屋の茶立女としてよく稼ぎ、傘屋は女一人細々と誰に気兼ねすることもなく暮らしていけたらよいと思って開いた店である。

「仁吉親分は、おれを一端（いっぱし）の男にしてくれたお人でねえ。親分のためなら、おれは命も惜しまねえ覚悟をしているのさ。だからお辰さん、御用の筋があれば、傘職人

の方が後回しになることがあるかもしれねえ。そん時はどうか勘弁してもらいてえ。今から謝っておきますんで……」

こんな風に小助が断りを入れると、

「わかりましたよう。お上の御用を務めるんですからねえ。何の気兼ねもなく、命をかけてくださいまし」

お辰は胸を叩いてくれた。

お辰は一見すると口数も少なく陰気に思えるが、彼女には男勝りの俠気(きょうき)がある。

小助という男には、こういう心意気があるのだと知り、肩入れをしたくなってきた。

水茶屋勤めの頃、あれこれ汚い世間の裏や、薄情な男達を見てきたお辰は、正義に生きようとしている、貧しき小助に心惹かれるようになったのだ。

——この人には、わたしのような者がついていてあげないといけない。

そういう感情が恋となって表れたのであろう。

小助も、その辺りのお辰の想いはよくわかっている。

ありがたく受け止めて、二人はやがて夫婦となった。

それがお辰との馴初めであるが、果して濱名茂十郎は、居酒屋でどんな風に語っているのだろうか。

小助には、三田での情けなさを目黒で払拭したいという想いがあった。

それゆえ、傘屋の主であり、お上の御用を務める自分は、それ相応の貫禄を身につけねばならない。

お辰もまたそのような体裁を繕ってくれたので、人から、

「親分」

と畏怖される男になろうとしたのだが、

——これがどうもうまくいかねえ。

お辰からは、

「お前さん、恰好ばかりつけていないで、人にはもっと寄り添わないといけないよ」

と、叱られる。

うまくいかない時は、何もかも裏目に出るものだ。

遂には件のごとく夫婦喧嘩となり、お辰はぷいっと家を出てしまったのだ。

——まったく、どいつもこいつも、おれの値打ちをわかりゃあしねえ。

「親分、ご苦労様ですねえ」

太鼓橋を渡ると、町の者達が声をかけてきた。

「おう、おかしな野郎を見かけなかったかい」

小助はすぐさま言葉を返して、誰も見かけなかったと聞けば先を行く。

——こういうおれの何がいけねえんだ。

三田では女房子供に去られ、挽回するはずの目黒では、面倒見の好い女房を怒らせ、一人残されてしまった。

茂十郎が、

「……見廻りを頼んだぜ」

と、お夏の居酒屋で小助に告げたのは、大した案件ではなかった。

このところ夜になると、夜鷹や酌取り女、芸者など、外出をする女達を襲う男がいるとの報告があった。

嫌がる女に悪戯をすることに、えも言われぬ興奮を覚える色魔であるようだ。

といって、それによって命を落した女は一人もいない。

とるに足りない痴漢といえよう。

それでも放っておくと、惨事に繋がるかもしれない。

濱名又七郎が牛町の仁吉に、

「気にかけておいてくれぬか」

と下命し、仁吉から目黒で暮らす小助に託(ことづ)けられたのだ。

「夜の仕事には危ねえことが付き物じゃあねえか。手前(てめえ)の身は、手前で守りやがれ……」

辻斬りとか、盗賊とか、闇取引きであるとか、同じ探るならもっと大きな犯罪を追ってみたいと、小助は言われた時から気乗りがしなかった。

小さな一件をひとつひとつ片付けていくのが務めとはわかっているが、三田に続いて目黒でも女房に愛想を尽かされた身には、こんな見廻りをするのは、やり切れなさが募る。

既にお夏の居酒屋で一杯ひっかけている。

何をするのも億劫になってきた。

――明日また見廻れば好いさ。

今日は帰ろうと、目黒不動の門前を通りかかったところで、一軒の料理屋が目に入ったのである。

三

その料理屋は〝しゃく薬〟という近頃出来た店で、入れ込みも広く、気軽に入れることで評判がよく、なかなかに流行(はや)っている。

その上に出前もしてくれる。

酌取り女が運んでくれる上に、酒の酌もするというのが売りだ。

牛町の仁吉は、小助より早くその情報を得ていて、お辰が湯治に行ったと話した時、

「小助、お前も一人じゃあくさくさとするだろう。酌取り女に出前をさせて、一杯やったらどうだ。気が晴れるぜ」

と、言っていた。

何でも、おことという酌取り女が朗らかでおもしろくて評判が好いそうな――。

お辰がいない時に酌取り女を呼ぶのも気が引けるが、今宵はこのまま家へ戻ってもつまらない。

お夏の居酒屋で飲んだくらいでは酒が足りなかった。

とはいえ、どこかの店に一人で入って飲むのも面倒だ。

――なるほど、今のおれみてえなのが、女付きの出前を頼むってわけか。

考えたものだと、妙に感心してしまった小助であったが、

「おや、旦那、どうです？　店で飲むもよし、出前を持ってこさせて飲むもよし。いずれにせよ、酌取りの姉さんが付きますよ」

店の前に立ち止まっていると、店の主が小助に寄ってきた。

この男はまだ目黒に来たばかりで、小助を知らないらしい。

「そいつはおもしろそうだが、年端のいかねえ娘に、いかがわしいことをさせているんじゃあねえだろうなあ……」

小助は軽い口調で言った。

「そんないかがわしいことはさせちゃあおりませんよう。まあ、同じ酌をしてもらうなら、若い娘の方が心地好いだろうってところですよ」

主はぺらぺらと喋って小助の機嫌を取った。

「なるほどな……」

「とにかく、一度試しに出前を取ってやっておくんなさいまし。がっかりはさせま

せん」

「試しにねえ……。よし、そんなら酒と肴を二品くれえ見繕って、長徳寺の傍の傘屋へ届けてもらおうか」

小助はそう言って頼んでみることにした。

少しばかり気が引けたが、このところくさくさとしているのが、まぎれるかもしれないと思ったのだ。

「そいつはありがとうございます！」

主は喜んで、

「おこと、おふえ、おさんとおりますが、誰に行かせましょう」

「ほう、そんなにいるのかい」

小助は誰でも好いやという顔をしつつも、仁吉からはおことというのが、朗らかでおもしろいと聞いていたので、

「そんなら、おことで好いや。頼んだぜ。代は出前持ちに渡せば好いんだな」

「へい。お願いいたします」

という具合に家へと帰った。

お辰のいない傘屋は開店休業状態で、実に殺風景であった。

近所の女房が、店を時折覗きにきてくれることになっていたが、それも面倒になって、〝当分の間休ませてもらいます〟という貼り紙をしておいた。

人に訊かれたら、

「このところ忙しくしていたから、湯治にやっているのさ」

と応えていたが、近所の者はお辰が小助に腹を立てて、ぷいっと箱根へ出かけたのはわかっている。

小助は、そっと家を抜け出して、人がいない時分を見はからって帰ってくることで、そういう煩わしさから逃れているのだ。

「帰ったぞ……」

この日もまた、いつもの口癖が出た。

火鉢に火をおこすと、出入り口の戸は少し開けておいた。

その方が酌取り女も入り易いであろう。

待つうちに、何やらそわそわとしてきた。

試しに呼んでみたはいいが、出前をする酌取り女達は、気が向けば客を取ったりもしているのであろう。

女好きではなく、日頃は芸者と戯れたりすることもない小助であった。

童顔で小太りな彼は、見ようによっては〝金太郎〟のような愛敬もあるが、十手持ちの親分の貫禄を見せようとするから、その味わいは消えてしまう。

それゆえ、

「親分、ちょいと遊んでおくんなさいな」

などと粋筋の女からもてるわけでもない。

ところが、三田にいた頃の常磐津の師匠・お美津といい、目黒に来てからのお辰といい、小助は何故か女房に恵まれている。

恵まれているから、女にもてたいとも思わなかったといえよう。

だが今宵はどうも寂しかった。

おことはどんな女なのだろうか。

抱いてやろうとは思わないが、初めて会う酌取り女に興がそそられる。

自ずと、待つ間はそわそわとした。

こんな感情はいつ以来であろうか。

まだ二十歳にもならない頃。

拵えた傘を届けに行く道中、雨が降ってきて、道端の軒で三味線を抱えて難渋している女が目に入った。

その頃、三田同朋町で常磐津の稽古場を開いた師匠であった。

歳は小助より二つほど上であろうか。はきはきとした物言いが心に残る、なかなかに好い女であった。

「姉さん、いや、師匠、傘を持っておいきなせえ」

その時、売り物の傘を手渡したことから互いに顔を合わせば喋るようになった。

ある日のこと。

仕事場を出たところで、十五、六の娘からそっと文を手渡された。

それは、常磐津の若き師匠・お美津からの結び文であった。

今宵、夜の五つ（午後八時頃）に船宿で待つというものであった。

胸を躍らせて行ってみると、女中が色を含んだ声で、

「師匠なら少しだけ遅れるようですよ」

と言って待たされた。

部屋で待つ間の、そわそわ、わくわくとしたあの時の想いが、今蘇ってくる。

――いや、あの時と一緒にしちゃあいけねえや。

二十年近く前の若い頃のことである。お美津とわりない仲になった日とは違う。

馬鹿げたことだと、小助は自分に言い聞かせた。

あれほど胸を焦がして一緒になったお美津は、娘のおくまを連れて町を出た。

その後は一度も便りすらよこさず、小助をすっかり忘れたらしい。

それならどうして結び文までよこして、自分と会ったのだろう。自分の何がよかったのであろうか。

お辰と一緒になってからは、お美津について思い出すことなどなくなっていたが、酌取り女を待つうちに、そんな想いが頭を過るのだ。

小半刻くらい、そわそわとしていると、やがて表に人影が見え、

「お待ちどおさまでございます」

若い女の声が聞こえた。

「おう、ご苦労だったな。まあ上がってくんな」

小助は平静を装ったが、いささか声が上ずっていた。

「ご免くださいまし」

入ってきた女は十七くらいであろうか。

頭には手拭いを姉さん被りにして、明るい格子縞の小袖に折枝文を散らした前垂に、朱色の片襷。手には岡持ち。

色気が売りの水茶屋の茶立女のような風情である。

「こと、でございます。どうぞご贔屓に……」

おことはてきぱきと料理の鉢を小助の前に置くと、

「お酒は五合しか持ってきておりませんが、よろしゅうございますか」

と、徳利の酒をちろりに移して、火鉢で燗をつけ始めた。

頭の手拭いは外し、片襷もとると、なかなか色っぽい。

肌は抜けるように白く、面長で鼻筋が通っている縹緻よしだ。

「さあ、お注ぎしましょう」

おことは、小助の手に盃を握らせると、まだぬる目だが、まず一杯と勧めた。

「そんなら半刻ばかり、ちょいと酒に付合ってもらおうか」

小助は、少し娘に気圧されている自分に気付いて、貫禄たっぷりに言った。

「半刻と言わずに、ゆっくりとさせてくださいまし」

「いや、お前のような若い娘と喋るのは、初めのうちは珍しいかもしれねえが、すぐに話が続かなくならあな」

「そんなもんですかねえ」

「そんなものさ。すぐに帰ると、お前の稼ぎにかかわるのかい？」

「まあ、そりゃあ、長く付合わせてもらう方が、おねだりもし易くなるというものですからねえ」

おことは、あっけらかんと言う。

——かわいい娘だ。

小助の顔が思わず綻(ほころ)んだ。お上の御用を務める身だと伝えないでよかったと思った。しかし、すぐに、盃を持つ手がはたと止まった。

「どうかしましたか？」

「いや、お前とはどこかで会ったような気がしてならねえんだ」

「そんな口説き文句は流行りませんよう」

「そんなんじゃあねえや。本当にどこかで会ったような……」

おことは、おかしなことを言う客だと、ぽかんとした顔で小助を見ていたが、

「そう言われてみると、あたしも傘屋の旦那をどこかでお見かけしたような気になってきましたよ」

と、頭を捻り始めた。

「傘屋の旦那……。傘屋……？」

おことは、はっとして、小助の顔をまじまじと見た。

それと同時に、

「お前は、おくまか？」

ややあって、

「お父っさんかい？」

二人はしばし見合うと、へなへなとその場に手を突いたのであった。

四

谷山の小助は、貫禄を保つどころではなかった。

そもそも傘屋は、今の女房のお辰の家なのだ。

そこへ女房の留守中、酌取り女を呼んで一杯やるというのも、いかにお辰が亭主を置いて湯治に出かけたからとはいえ、誉められたものではない。

ましてやそれが、自分の娘であったとは、洒落にもならない。

おくまは、おことの名で酌取り女になっていた。

「お美津はどうしているんだ?」

やっとのことで訊いてみると、

「去年死んじまったよ」

であるそうな。

「死んだ……」

小助は絶句した。

小助がおくまと別れたのは、彼女が十歳になるかならないかの時で、

「今後一切、お父っさんのことを思い出すんじゃあないよ」

おくまは、お美津からそのように言われて育ったそうだ。

「そんなことを言われ続けたら、父親の顔もそりゃあ薄れていくさ」

「お美津は、あれから誰とも一緒にならなかったのか？」

「あたしには男を見る目がなかったと気付いたから、もう亭主を持つなんてこりごりだと言って、ずうっと独りさ」

そう言われると、小助は返す言葉もなかったが、

「それでお前は、お美津に死なれて、暮らしに困っているところを、誰かに騙されて酌取り女をさせられているのか？」

やっとのことで、何よりも気になることを訊ねた。

「そんなんじゃないさ」

父親はくだらない男だったと言い聞かされて育ち、母親はというといちいち小むつかしいことを言う。

一人になった途端に、自由気儘に暮らしたくなったのだと、おくまはふて腐れた。

幸い、三味線だけはお美津に仕込まれていた。これを手に盛り場を歩けば、方々からお呼びがかかった。

「それで、目黒に店を出すから、手伝いに来てくれないかと言われて、まあ、景色の好いところだと聞いて、来てみたってわけさ。そしたら、とんだご対面さ」

「何も聞かされていなけりゃあ無理もねえな。で、今はどこに住んでいるんだ」

「店に一部屋もらっているよ」

「他の酌取り達はどうなんだ」

「どうって？」

「出前にかこつけて、客とよろしくやったりするのか？」

「なるほど、お前は客をとっているのかと訊きたいのかい？」

「そういう娘もいるのかということだ」

「そりゃあいるよ。皆、食っていくのに大変なんだからねえ」

おくまは悪戯っぽい目を向けて、

「お前はどうなのかと言いたいんだろう」

「そりゃあ……」

「ふふふ、久しぶりに会った娘の身を案じるんだねえ。まだ、お上の御用とやらは務めているのかい？」

「ああ……」

「今度は傘屋の亭主に納まって、お金にもならないことを続けているんだ」

「そういう物言いはよせ」

「客なんかとっちゃあいないさ。あたしには芸があるからねえ。店が忙しい時は、出前持ちをして、酌をして、祝儀にありついているってわけさ」

「そうか。そいつはよかった。だが、あの店にいれば、いつかおかしなことになるかもしれねえや」

「だからどうだってえんだい。お上の御用、御用と言って、女房と娘を放ったらかしておいて、今さら父親面するんじゃあないよ。あんたみたいな寂しいおやじがいるから、あたし達は岡持ちを持って、夜な夜な歩いているんだよ。何がいけないのさ」

「おれはお前の父親に違えねえんだ。お美津が死んだ今は出しゃばらせてもらうぜ。これでも消えちまった娘のお前のことは、ずうっと案じていたんだ」

「案じていたのに今まで見つけられなかったのかい？　何がお上の御用を務める者だい」

鼻で笑われて、小助の我慢もこれまでとなった。

確かに女房子供を放っておいて、金にもならない下っ引き稼業に現を抜かしていた。

お美津も困っただろうが、世のため人のためにと務めたのだ。

三田での屈辱が蘇り、何と口はばったい娘であろうと、怒りが噴き出した。

「やかましい！　お前はこの先、何をしでかすか知れたもんじゃあねえ！　まず、付いてきやがれ！」

小太りで童顔とて、この目黒の地では谷山の小助という名で通っている十手持ちである。

怒ればそれなりの凄みがある。

自分に負い目を持っている父親ゆえに、なめてかかっていたおくまも、その剣幕に戦いて、

「ど、どこへ行くってえのさ……」

たちまち声が小さくなった。

「好いから付いてきやがれってんだ！」

小助は、上がり框に置いてあった岡持ちを蹴りとばして立ち上がると、おくまの手を引いて表へと出た。

　そして、田圃道（たんぼみち）を小走りに抜けて、行人坂を上り始めた。

　何故そうしたのか、後になって、自分でも首を傾げることになるのだが、小助はおくまを、日頃から快く思っていない、お夏の居酒屋に連れて行ったのである。

　まず何よりも、濱名茂十郎がまだ店にいるのではないかと思ったのだ。

「ちょっと、親分さん、そんなに急かさないでおくれな」

　おくまは息を切らしたが、小助は容赦しなかった。

「うめえ酒を飲ましてやらあ、あったけえ飯もなあ」

　そう言うと行人坂を勢いよく上り、お夏の居酒屋へと飛び込んだのだ。

「何だ……、どうしたんだよう？」

　幸いにも濱名茂十郎はまだ店にいて、不動の龍五郎と政吉、吉野安頓を相手に好い調子で一杯やっていた。

「ああ、ありがてえ、旦那がおいでだ。ひとまずこのはねっ返りを見ていてやってくださいまし。お願（ねげ）えいたしやす……」

　小助は茂十郎に手を合わせた。

「この娘は？」

「三田にいた頃に儲けた、あっしの娘でございますよ」

「何だって……？」

茂十郎は、小助の三田での過去を知っているので、思わぬ展開に目を丸くした。

龍五郎達もきょとんとしている。

「小母さん、こいつに何か食わせてやってくれねえか」

「あいよ」

お夏はどんな時でも泰然自若である。

息を整えようと喘いでいるおくまをちらりと見てから、

「で、親分、これからどこへ行きなさるんで？」

「ちょいと、この娘の始末をつけに行くところさ」

小助は言い置くと、また店を出て行人坂を駆け下りた。

そうして、件の料理屋へと取って返すと、主を捉まえて、

「おう、おことという酌取りは、こっちで預かるから料簡してくんな」

と、低い声で言った。

「旦那が預かる……？　ひひひ、随分と気に入ってくださったようですが、おこと

はまだ客をとったことはございませんでねえ。それに泊まりはさせておりませんので、旦那こそご料簡願います」

主は卑しい笑いを浮かべて応えた。

「そうかい、まだ客はとっちゃあいねえんだな。店に借金は？」

「それはございませんが、旦那、無茶は困りますよ」

「やかましいやい！　おう、借金がねえならおれが連れて行くぜ。おことはなあ、生き別れになっていた、おれの娘なんだよう！」

小助は、夜の見廻りのためにと、今日は懐に忍ばせていた丸形十手を取り出して、主の頬にぴたりとつけた。

主は身震いして、

「お、親分でございましたか。これはまたお人が悪うございますよ……」

しどろもどろになった。

「やい、文句はねえな」

「は、はい。ございません……」

「そんなら娘の荷物をよこしやがれ。それでお前とは縁切りだ！」

小助は料理屋の奥へと突き進んで、おことこと、おくまの身の回りの物を風呂敷に詰めて、三味線を手に、また行人坂を上ったのであった。

五

居酒屋へ戻ると、店は大いに盛り上がっていた。

その熱気に当ったのか、店の表で鞍掛(くらかけ)に腰をかけたお夏が、煙管で煙草をくゆらせている。

「お帰んなさい……」

夜逃げをするのかという恰好の小助がおかしくて、お夏はふっと笑った。

「娘は……？」

「いますよ。親分と違って、おもしろい子だねえ」

お夏は、縄暖簾(なわのれん)の向こうへ目をやった。

店の中では、小上がりの框に腰をかけたおくまが、常連達に囲まれてからからと笑っていた。

茂十郎と清次が、少しばかり苦笑いでそれを見守っている。

小助はおくまの荷物を小上がりに置くと、

「おくま、お前、何を話しやがった？」

詰(なじ)るように言った。

おくまは何も応えずニヤリと笑った。

「親分、まあとにかく、思わぬところでまた父と娘が巡り合えたんだ。よかったじゃあござんせんか」

不動の龍五郎が、常連達を代表して言った。他の連中はずっと笑いを堪えている。

おくまはここへ連れてこられてから、傘屋での小助との再会を、おもしろおかしく喋っていたらしい。

酌取り女を務めに行った一軒で、父娘であると知れ、驚いてしまったのだと、洒落っけたっぷりに話したのだ。

おくまにしてみれば、口うるさい母が死に、目黒の地で勝手気儘に暮らしてやろうと来てみたら、生き別れになっていた父親と出会ってしまった。

しかも、客と酌取り女の間柄で——。

おくまには客を取るつもりはなくとも、男の方に〝その気〟があれば、口説きにかかっていたかもしれない状況であるから、かなり気まずい再会である。

おくまとすれば、口説かれていた方が、相手を責められたであろう。

だが、小助は多少の下心をもって酌取り女に出前をさせたかもしれないが、おことがおくまであるとすぐに見破り、その前も口説く素振りをまったく見せなかった。

おまけに小助は、処の親分と呼ばれている。

こんな父親に睨まれたら、自分の勝手気儘な暮らしも、これまでとなろう。

そう考えると、小助に対する憎悪が沸々と湧いてきた。

母・お美津は気が強く、意固地なところがあった。

夫婦別れをしたのは、小助ばかりが悪いわけでもなかったはずだ。

しかし、おくまはそういう母一人に育てられ、結構辛い想いもしていた。

母親が厳しければ、父親が宥(なだ)める。またその逆の場合もあるだろうが、小助がお上の御用に現を抜かすことがなければ、自分ももう少し素直で、誰からも好かれる町娘になっていたかもしれない。

今頃になって父親の厳しさを向けてこられても、迷惑この上ないではないか。

こうなったら、自分も酌取り女などという、色気を売りにする仕事についてしまったことをあけすけに話し、あわや己が娘を口説きそうになった父・小助を笑い話の中に登場させて、気をまぎらわさんとしたのであった。

常連達は、既に濱名茂十郎から、三田にいた頃の小助について聞かされていたから、おくまがそこに現れて、その後の話をすると、おかしくて堪らなかった。

お美津の死は痛ましいが、おくまは一人で元気に生きてきて、さてこれからどうなるのだろう、悪い道に転がり落ちないだろうかというところで、小助と思わぬ再会を果した。

ひとまず、おくまに降りかかるかもしれなかった危険は回避されたといえよう。

その安心が、一同の笑いを生んだのだ。

これから父娘の再会が、悲劇となるのか、このまま喜劇として筋立が進むのか——。

龍五郎達は、喜劇となるのを信じて、

「まあ谷山の親分、互えに言いたいことはあるだろうが、こんなご対面はそうあるもんじゃあねえ。この縁は大事にしねえといけませんぜ」

小助にそう告げて、一斉に立ち上がった。

「旦那、皆、世話をかけちまったね……」

珍しく、小助の口からそんな殊勝な言葉が出た。

さすがに恰好をつけていられる状況でないのは、小助とてわかる。

茂十郎が言う〝笑いとばせ〟というのは、こういう時なのであろう。

「ははは、まったくお上の御用を務める者が、ざまァねえや。ははは、笑ってやってくんない」

試しに笑ってみせると、少し気が晴れた。

すると常連達も堪えていた笑いを吐き出して、

「親分、これからが楽しみだねえ」

「いや、大変だねえ」

「濱名の旦那が智恵を出してくださるさ」

「何かあったら言っておくんなさいな」

口々に声をかけて帰っていった。

小助とおくまは笑って見送ったが、顔を見合うと決まりが悪そうにすぐにそっぽを向いた。

「さあ、どうする」

茂十郎が真顔で言った。

元は凄腕の定町廻り同心。引き締まった顔を向けられると、

「旦那にお預けいたします」

小助が頭を下げた。

おくまもこれに倣った。

「よし、そんならまず小助、お前のかみさんが箱根から戻ってくるまで、娘をどこかで預かってもらうしかねえな」

「へい。そのようで……」

「それで、かみさんが帰ってきたら、まずおくまを引き合わせて、夫婦で得心がいくように、おくまのこれからを決めてやるんだな」

「あたしのこれから？」

「ああ、このまま酌取り女を続けるわけにはいかねえだろう」

「あっちの方で願い下げですよねえ」

おくまは恨めしそうに、小助が引き上げてきた、自分の荷物を眺めながら言った。

「続けようと思ったところで、お前の親父が黙っちゃあいねえや」

「迷惑な親父だよう」

「やかましいやい！」

これに茂十郎が怒った。

「手前を気にかけてくれる親父がいるってことが、どれだけありがてえものか。お前みてえな世間知らずにわかってたまるか」

小助の剣幕とは格が違う。

おくまは、魂が抜けたように、しゅんとして、身を縮めてしまった。

「旦那……。こいつを拵えちまったのはあっしでさあ。どうか勘弁してやっておくんなさいまし」

小助は慌てて頭を下げた。

「いいかい、勝手気儘に生きてえから、酌取りになった……。そういう女は、そのうちにきっと泣きを見る。お前を見ていると、おれはそう思う。ここは世間をよく見てきた大人の言うことを聞いておきな」

茂十郎は一変して、諭すように言う。

幾多の凶悪な賊を諭し、心をこじ開けてきた茂十郎にかかると、赤児の手を捻るようなものだ。

「旦那にお預けいたします……」

おくまも頭を下げた。

小助に従うとは言わないところが、おくまの利かぬ気であるが、おくまとて子供の頃に別れた父親に、いきなり心を開くことも出来まい。

小助の今の女房のお辰は、水茶屋勤めから傘屋を開くまでになったという。

敵になるか味方になるかはわからないが、そういうやり手の女と会うのは、彼女にとっては楽しみでもあった。

「よし、そんなら女将……」

茂十郎はお夏を見た。

「そうくると思いましたよ」

お夏は苦笑いで、煙管を煙草盆の吐月峰に叩きつけた。

「ふふふ、この濱名茂十郎と関わったのが因果と諦めておくれ」

「承知いたしました」

かつて、香具師の元締・牛頭の五郎蔵の用心棒を務める大嶽惣十郎の娘を預かったこともあった。

娘はおくまと同じく生き別れになっていて、女掏摸になってしまっていたのを惣十郎が救い出した。そして、その後しばらくの間、居酒屋の三畳間に寝泊まりをして、やくざな暮らしで身についた垢を落しつつ、惣十郎との父娘の情を取り戻したのだ。

あの時のことを思うと、おくまはまだ悪事に手を染めていないので、はるかに扱い易い。

酌取り女をしていたくらいであるから、居酒屋で働かせれば役にも立つだろう。

他でもない濱名茂十郎からの頼みである。

お夏と清次は、快く胸を叩いたのであるが、剣の達人で、その存在だけで娘の心を鎮められた大嶽惣十郎と小助では、父親としての大きさが違う。失われた刻をいかに埋められるか、知れたものではない。

お節介を焼いてやるにしても、これはなかなか難しそうである。

溜息ばかりをついて向き合う小助とおくまを見ながら首を傾げるのであった。

六

その翌日から、おくまはお夏の居酒屋で働き始めたのだが、既に常連達からは、

「おもしろくない小助親分の、おもしろい娘」

という看板をかけられていて、連日、おくま目当ての客が押し寄せた。

元よりおくまは客あしらいが上手い上に、時に母親から習った三味線を弾いてみせたので、常連達は大いに喜んだ。

「おくまちゃん、ちょいと粋なのを頼むよ」

次第に図に乗ってくる客には、

「うちはそういう店じゃないんだよう。弾けというなら銭を払いな」

お夏の叱責が飛んだ。

おくまとしては、お夏に守られている安心感があり、客達がかわいがってくれるので、日々楽しくて晴れ晴れとしている。

口うるさかった母親が死んだ後、少しばかりぐれかけた娘も、たちまち居酒屋の陽気な女中として市井に生き始めたといえよう。

常磐津の師匠であったお美津は、おくまを内弟子のように扱い、自分の手伝いをさせてきた。

それゆえ、彼女が世間に出て働くということは母親が死ぬまではなかったので、どういう暮らしがまっとうなのか、よくわからなかったのである。

小助はというと、お夏から、

「明後日の夜の、遅い時分においでなさいまし」

と言われて、その言葉に従った。

娘の様子をすぐに見に行くと、おくまも思うように働けまいと思ったからだ。

そしてそろそろ店仕舞の頃に行ってみると、

「おや、お父っさん、ご苦労様ですねえ」

おくまは愛想よく小助を迎えてくれた。

「お父っさん……」

と呼ぶのに、それほど抵抗がないのが、小助にはありがたかった。

十になるやならずの頃までは、あまり顔を合わすことがなかったとはいえ、一緒に暮らしていてそう呼んでいたのだから、言い辛くはないのであろう。

「おう、励んでいるようだな。大したもんだ」

小助は、おくまの晴れやかな顔を一目見て、彼女の充実ぶりを確信した。

この日の小助は、あれこれ雑念を忘れようと、傘屋を開いて自ら店先に出て、日暮れてからは件の痴漢の見廻りに出て、それから店へと寄ったのだが、

「親分、おくまちゃんは、なかなか好い調子で勤めているようですぜ」

既に道行く者から、そんな声をかけられていた。

それで、半信半疑で店を覗(のぞ)けば、この様子である。

「小母さん、清さん、恩に着ますよ……」

小助は丁重に礼を言った。

なるほど、この居酒屋には不思議な力が漲(みなぎ)っているらしい。

濱名茂十郎が、この店の大の贔屓で、ここで得た閃きを捕物に生かしていたというのがよくわかる。

何よりもこの店に馴染むと、下手に恰好をつけているのが、いかに疲れることか

思い知らされるのだ。

「まあ、入って一杯やっておくんなさい」

清次が小上がりを勧めた。

「そうさせてもらおうか……」

小助が上がると、おくまが燗のついたちろりと小ぶりの茶碗、野菜の炊き合わせが入った鉢を、すぐに折敷に載せて運んできた。

「すまねえな……」

「仕事ですからねえ……」

おくまは、ちろりの酒を注いだが、やはり小助相手ではぎこちなかった。

酌取り女の出前で来た時のようなわけにはいかない。

だが、そのぎこちなさが、小助にとっては安心出来る娘の姿であった。

既に常連達は店にいなかったが、小助の登場で、他の客達も次々と帰っていった。

その際に、おくまにかける労いの言葉から考えても、娘は二日にして人気者になったようだ。

「ははは、おくま、よかったじゃあねえか。お前は酌取り女の出前なんぞしなくたって、この先やっていけるさ」

こんな時も笑いとばせば気が楽になると思った小助であったが、どうも気が晴れなかった。

まだ目黒に来たばかりの娘が、もう何年も牛町の仁吉の乾分として、この町で御用を務めてきた自分より、はるかに町に馴染んでいるというのは何故だろう。

そんな想いに囚われて、笑いとばすはずが、妙に考えさせられ、一変して気持ちが塞いできたのである。

三田に住んでいた頃に、お美津におくま共々出ていかれた時の情けなさが、また小助の胸を締めつけていた。

目黒に来てからは、誰からも恐れられ、頼りにされる男になろうと思い努力した。

だが結局それはすべて無駄であった。

恰好をつけるが余り、お夏の居酒屋に寄りつこうともせず、とどのつまりはその居酒屋に娘を預かってもらうことになるとは、何ということであろう。

濱名茂十郎は、お辰が箱根から帰ってくるまでを目安に、おくまを居酒屋に預かってもらえと言った。

お美津が死んだ今、父親の小助がおくまの面倒を見てやらねばならないが、そうなるとお辰は継母となる。

小助は生き別れになっている娘について、お辰に話はしてある。侠気あるお辰のことだ。おくまをかわいがろうとしてくれるであろう。

自分としては、お辰の意見に従うつもりであったが、果してお辰は箱根から帰ってくるのであろうか。

あれもこれも気になる。

おくまは、ぎこちない手つきで酌をしてくれたが、しち難しい顔になっていく小助に、何と話しかけてよいかわからない。

「あれは、お美津の三味線だな?」

小助は、店の片隅に置かれている三味線を見てぽつりと言った。

「そうさ。三味線の腕はおっ母さんには敵わないが、お蔭で身過ぎの役に立ったよ」

「そうかい。おれのせいで、苦労をかけちまったな。また明日の今時分に来るから励んでおくれ」

小助は、手持ち無沙汰にしているおくまにやさしく声をかけると、その日はひとまず家へと帰った。

たった数日で、父と娘の情が戻るはずはないのだ。

「思いの外、あの親分も心得ているじゃないか」

お夏は、清次にそっと告げた。

「へい。何かきっかけがあればいいんですがねえ」

清次がにこやかに頷いた。

大嶽惣十郎が、女掏摸になっていた娘・お七と父娘の絆を取り戻した時は、お七を捕えた掏摸の一味を惣十郎が叩き伏せ、颯爽と助け出したのがきっかけとなった。

だが、小助、おくま父娘には、これといって大きな障害はない。

親分と呼ばれてはいるが、実質は牛町の仁吉の下っ引きで、そもそも十手を振りかざして咎人を捕える権限はない。

同心の濱名又七郎に従っての捕物か、やむなく賊を取り押さえる必要に迫られた時くらいしか、小助が腕を揮える場はないのだ。

そんなことでは、なかなか父親の尊厳を娘に見せつけられない。

それどころか、その翌日、さらに翌日も、小助は居酒屋が終る頃にやって来て、娘との心の触れ合いを見つけられずに、ひたすら飲んで酔っ払って愚痴めいたことを言った。

「おれはよう、これでもお前に父親らしいことを何もしてやれなかったことを、心から悔やんでいるんだよ……」

あれもこれもしてやりたいと思うが、所帯を構えたとはいっても、傘屋の居候みたいなもので、お上の御用もちっぽけな一件の下調べばかりである。今も、夜になると女に悪戯をする色魔が、次はどこに現れるかを探っておけとのお達しで、

「こんな一件を追いかけたところで、男が上がるかよう。おくま、情けねえ父親ですまなかったなあ」

くどくどと嘆く始末である。

「あれじゃあ、嫌われに来てるようなもんですねえ」

清次は、やれやれといった表情を浮かべてそれを見ていたが、

「いや、肉親の情というのは、どこで出てくるかわからないよ」

と、お夏は言う。

おくまは、小助が酔ってくると、

「男が上がらないのは、あんたがのろまだからだろう。けちな一件だというなら、さっさと片付けて、次の御用にかかればいいのさ」

と、やり込めたが、娘の自分に何かしてやりたいが、思うに任せないでいる父親に、嫌な想いを抱いていないのがわかる。

「あたしが代わりにとっ捕まえてやりたいよ」

小助が帰ると、苛々とするおくまに、

「あんたは男勝りだねえ」

お夏はそれを称えるように言ってやった。

「おくま、なんて名を付けられたのが祟ったんでしょうねえ」

これは小助が付けた名らしい。〝久万〟という意味だと言ったらしいが、誰もが〝熊〟と捉える。それで今まで随分と嫌な想いをしてきたのだと、彼女は怒りを募らせた。

「そんならあんたは、その〝熊〟になって、〝小さな助平〟を助けておやりな」

お夏はおくまの怒りを逆手にとって、

「あんたは男に生まれていたら、さぞかし好い目明かしになっていたはずだ」

と、おだてた。

「そうかなあ……」

おくまは満更でもない。目明かしに憧れた小助の血を引いているのだ。こういうところに興をそそられるらしい。

「でも、小母さん、助けるったって女のあたしに何ができる?」

「だから智恵を貸して、二人でとっ捕まえてやりゃあいいのさ。弱い女に悪戯をするような野郎を許しちゃあいけないよ」

「なるほど、女の敵だねえ。智恵か……」

「まあ、及ばずながら、あたしも一緒に智恵を絞ってみるさ」

お夏は店仕舞をすませると、おくまの肩をぽんと叩いた。

七

「おくま、本当に野郎はここに出るのかねえ」

安養院裏手の小道の角で小助が言った。

「そりゃあ、出るか出ないかはわからないよ。だが、出るとしたらこの辺りじゃあないかってことさ」

「そうだな。目星をつけた上は、辛抱強く当ってみるしかねえな」

「昨日は出なかったから今日は出ると思うよ」

「うん。だがよう、お前の身が案じられるぜ」

「何言ってんだい。お父っさんが見守ってくれているんだろ？」

「そりゃあもちろんだ」

「こういう時、囮になるのは身内の者と相場は決まっているんだ。仕方ないよ」

「そうだな。すまねえな……」

お夏に乗せられて、おくまは居酒屋を訪ねてくる小助に、色魔退治についての話をした。

ほとんどがお夏の推理の受け売りであったが、それは小助を唸らせ、飲むと口から出ていた愚痴が止まった。

おくまが言うには、調べてみると色魔は、

「月が出そうな夜に出やがるんだ」

となる。そして出没する場は、夜鷹や酌婦といった、色気を売る女が住んでいる長屋近くの小道であった。

そこは、遠く一直線に田圃道が続くところとなる。

そんな小道であるから人気(ひとけ)がない。近くには背の高い草が繁っていたり、藪があったりする。

色魔はまず月明かりを頼りに、そこで獲物を見定め、叢(くさむら)や藪に女を押し込み、弄んだ後、遠く続く道を駆けるのだ。

それらしい影を見かけた者達は、口を揃えて、〝足が速かった〟と言っている。

ゆえに人気のない一本道を、ひたすら駆けて、誰にも見られず闇の中に消えていくのであろう。

途中に曲がり角があれば、速さが落ちるし、曲がったところに人がいるかもしれない。

一本道の先に誰もいないのを確かめておいてから、ことに及んで素早く逃げるのだ。

女に触れているのは、僅かな間であるが、こういう緊張を快感としているらしい。それゆえしつこく女に絡まない分、捕えられないのだといえる。

父娘の策略は、居酒屋の店仕舞後に話し合われた。

そうして、父娘が目星をつけたのがこの小道であった。今までに女が襲われたところの条件にぴたりと合うのである。

小助は、おくまの智恵と洞察力に舌を巻いた。お夏の助言があったとは思われたが、それを自分の頭で考え、小助に伝えたところは、

——見ろ！　これがおれの娘なんだぞ！

と、叫び出したい想いであった。

おくまの方も、

「お父っさん、どうしてあたしの名をくまにしたんだよう！」

などと、思い出したように詰りつつも、小助が自分を大いに認めてくれたのが嬉しかったらしい。

小助が居酒屋を出ると、

「おっ母さんも、もう少しあたしを誉めてくれたら、常磐津の腕も上がったのに

「……」

おくまはお夏にそんなことを言った。

お美津は、おくまを否定するところから稽古に入る癖があったので、自分の娘には恰好をつけない小助が愛おしくなってきたようだ。

そして遂に父娘での張り込みとなった。

初日の夜は空しく帰ったが、二日目の夜も月は出ている。

「お父っさん、何をしているのさ」

「何って？」

「早く行きなよ。これじゃあ囮にもならないじゃあないか」

「そうだな。そんなら頼んだぞ」

「お父っさんこそ、見過ごしたら嫌だよ」

おくまはちょっと睨んでみせて、髪に挿した櫛を、大事そうに懐にしまった。

「昨日も懐にしまったな」

「揉み合いになったら、どこかへ落してなくなっちまうかもしれないだろ」

「なるほど。だが、お前には指一本触れさせねえよ」

小助は神妙に頷くと、物陰に隠れた。

おくまは、手拭いを吹き流しに頭にのせ、夜鷹の真似をして、手に莚（むしろ）を抱いて辺りをうろうろとした。

――こんなお勤めも大変だ。

お美津は、小助がお上の御用に現を抜かしていると責めて、

「あんなものは子供の遊びだよう」

と、吐き捨てたが、遊びで出来るものではないと、思い直した。

岡っ引き、下っ引きには、強請（ゆすり）を働いたりする悪党もいるらしい。

だが、小助は心底悪を葬りたいという想いを持っている。

その想いが空回りして、いつまでたっても成果があがらないとふて腐れているのだ。

おくまとの思わぬ再会が、見栄っ張りな小助の日常を変えたのであれば、

――こんな好い娘と、今まで別れて暮らしていたとは、おあいにくさまだったね。

おくまにとっても心地がよい。

再会した父親が、腕っこきの御用聞きでなくてよかったと思えてきた。

――あたしがお父っさんを男にしてやるよ。

そんな気持ちが湧いてきたのだ。

その瞬間に、三味線と座持ちのよさをもって、酌取り女として勝手気儘に生きようと思った自分が、あまりにも子供じみていて、情けないと思えてきた。

囮になる娘、それを見守る父親。

ここに離れ離れになっていた父娘の心がひとつになった。

その時であった。

傍らの下草の繁みから、いきなり黒い影が出てきて、おくまに襲いかかった。

「大人しくしろ。命までは取らねえ」

影は三十絡みの男で、おくまの肩を摑むと、叢の中へと引き込もうとした。

おくまは気が遠くなりそうだったが、莚の間に隠し持っていた棍棒で、男の頭をぽかりとやった。

その刹那、

「野郎！　神妙にしやがれ！」

小道の辻の杉の陰で、そっとおくまを見守っていた小助が、自前の丸形十手をかかけて、男に立ち向かった。

男は、不意を衝かれて田圃道を一目散に駆け出した。

「待ちやがれ!」

小助は追いかけたが、男の逃げ足は韋駄天のごとく速かった。

速いとは聞いていたが、これほどまでとは思わなかったのだ。

おくまが見た通り、男は一直線の田圃道を駆け抜けて、やがて闇の中へと消えるつもりらしい。

だが、ここで天恵が起こった。

男がはるか前方で、何かに足をとられて転んだのだ。

男が転んだのは、人気がないはずの田圃道の前方に潜んでいた何者かが、太い木の枝を、男の足元めがけて投げつけ、それが見事に右膝に命中したからだ。

足は速くても、所詮は女に悪戯をして、己が欲情を充たす色魔である。腕っ節はまったくといっていいほどない。

「手前(てめえ)、手間ァとらせるんじゃあねえ!」

たちまち追いついた小助が、気丈にも一緒に駆けてきたおくまと、その身柄を押さえたのであった。

その姿を、田圃道の傍らで息を潜めて見ていたのが、今しも男の足元に太い枝を投げつけた黒い影であった。

「ふふふ、うまくいってよかったねえ」

影がお夏であるのは、言うまでもなかった。

「こんなことなら、もっと早く小助親分に女将さんの智恵を耳打ちしてあげたらよかったですねえ」

傍らで笑ったのは清次であった。

「いや、これはあくまでもあのはねっ返りの娘の智恵だよ」

「そうでしたね。うちの店に寄りつかなかったんだ。智恵の授けようもありませんや」

「さて、これからが見ものだねえ」

小助とおくまは、これで父と娘に戻れるだろう。

だがもうひとつ片付けないといけないことがある。

箱根に湯治に行ったままになっている、小助の女房・お辰が、いつ帰ってくるかであった。だが今の父娘はそれどころではない。

「おくま！　怪我はねえか！」

「大丈夫だよう。こんな野郎はあたし一人だって十分だ」

「よくやったな！」

「お父っさんこそ！」

「またおれを助けてくれ」

「ああ、あたしが一の乾分になってあげるよ」

「そいつはありがてえや！」

小助とおくまは、鉤縄で色魔を縛った。後は、同心・濱名又七郎に報せるばかりであった。

八

その翌夜。

そろそろ店仕舞かというお夏の居酒屋は、珍しい客達で賑わっていた。

「女将、色々すまなかったな」

入れ込みの隅で、お夏に小声で片手拝みをしているのは、濱名茂十郎であった。

「小母さんのお蔭で、小助もこの先、目が出るでしょうよ」

傍らで頭を下げたのは牛町の仁吉であった。

昨夜の事件の始末がついた、今日の昼下がり。

小助が傘屋へ帰ってみると、お辰が戻っていた。

「お辰……」

驚く小助を見て、

「お前さん、わたしが本当に箱根に行ったと思ったのかい」

お辰はからからと笑ったという。

「お前さんの娘が目黒に流れてきていると聞いて、ちょいと姿を消してあげたのさ」

三田にいた頃の女房・お美津は、頑迷なところがあり、一旦男を受け付けなくなると、頭の中から消し去ってしまおうとする女であった。

それで、一切を小助に報せることなく、三田から出ていってしまった。

そうされると、小助もおくまが気になりつつも行方を捜す気力もなくなった。見つけたとしても、お美津はおくまを連れて再び姿をくらますと思ったからだ。そうなったら、大変な想いをするのは、おくまなのだ。

しかし、お美津の死後、彼女の常磐津の弟子達が、おくまの身を案じ、そっと仁吉に彼女の死と娘が目黒に流れたようだと報せてきた。

お美津も、仁吉の気遣いには感謝していたらしく、

「牛町の親分には気の毒なことをしてしまいましたよ」

と、洩らしていたのを弟子達は知っていたからだ。

仁吉は、父親が目黒にいるとも知らず、目黒の料理屋で出前の酌取り女になったおくまのことを知り、今は隠居となって動き易い茂十郎に相談を持ちかけたのだ。

茂十郎は、お辰に、

「小助が面倒なことをぬかしやがったら、箱根へ湯治に行くと言って、出て行ってやるがいいや」

と、娘のおくまのことを話してやった。

「かわいそうな子ですねえ」

お辰は話を聞いて涙した。

二親が夫婦別れをしたのは子供のせいではない。

娘の行く末を見届けることなく母親は死んだ。父親は、激しい拒絶にあったゆえ、娘のことも忘れてしまっているだろう。

「ぐれた気持ちになるのもわかりますよ」

お辰には、おくまの気持ちがよくわかる。

自分も二親に逸(はぐ)れて水茶屋で働いた昔があった。

自分がいれば、娘とも会いにくかろう。

水茶屋にいた頃の昔馴染が、今は物持ちの旦那に落籍され、芝愛宕(あたご)裏で悠々自適の暮らしをしていて、

「一度ゆっくりとうちへ来て羽を伸ばしなよ」

と、予てから誘われていたので湯治に出ると偽り、彼女の許に身を寄せたのである。

そうして小助に進展があれば、いつでもすぐにでも帰れるところで、仁吉からの報せを待っていたのだ。

すると、小助は仁吉の思惑通り、おくまと思わぬ形で再会を果し、二人で色魔を捕える活躍をしたという。

父娘の絆が戻ったら、

「いよいよ継母の出番ですねえ。恐がられたり、嫌われたりしないように気をつけますよ」

と、満を持して小助の許へと戻ったのだ。

「考えてみたら、濱名の旦那もお人が悪いですよう」

お夏は、今宵、茂十郎と仁吉から、お辰が帰ったと聞かされ、眉をひそめてみせた。

お辰が箱根に行っていないことは、茂十郎から耳打ちされていたが、いざお辰が戻ると、何やら一波乱あるのかと、お夏もいささか気になっていたのだが、それは杞憂であったようだ。

店の小上がりの端に、今三人はいる。茂十郎と仁吉に踊らされた、小助、おくま、お辰の三人だ。

お辰がどんと真ん中に座り、小助とおくまが二人で酌取りを務めているのだ。

「お前がおくまちゃんかい。今度のことはありがとうね。礼を言うよ。何かというと小むつかしいことを言うこの人を立派に支えてくれたっていうじゃないか」

お辰は、亭主の前妻の子に対し、実にさばさばとした態度で接している。

「まあ、面倒な男でも、おくまちゃんにとっては生みの親だからね。これも因果と諦めて、この先は、谷山の小助の御用を、横合から見て助けてやっておくれな。いっそお前が、谷山のおくま親分になったらどうだい。この人よりも役に立つかもしれないよ」

「おいおい、そりゃあねえだろう」

苦笑いの小助の横で、

「あたしなんかが役に立ちますかねえ」

おくまははにかんだが、顔はやる気に満ちている。

「役に立つさ。この先はうちの傘屋を手伝って、この人の傍にいてやってもらいたいねえ。うん、それが何よりだ」

「お辰……。おくまをうちで引き取って好いのかい……」

小助の顔に朱がさした。

「うちで引き取るなんて言ってないよ。この子の身になってみなよ。顔も忘れかけていた父親と、今まで会ったこともなかった気の強そうな後添いと一緒に暮らすなんて、わたしだったらごめんだねえ」

お辰はぴしゃりと言った。

「ひとまずうちの裏手の長屋に住んで、傘屋には通いで勤めてもらおうかねえ。三度のご飯は、この人と一緒に食べりゃあいいよ。それで合間を見はからって、小助親分の御用の手伝いをしておくれな。そっちが忙しくなったら、傘屋に泊まり込みで智恵を絞ってやってくれたら何よりだが、おくまちゃん、どうだい？　ちょいとおもしろそうだと思わないかい？」

「お辰……」

小助の目に涙が浮かんだ。

それならば、おくまも気楽に暮らせよう。そのうち気が向けば、長屋を払って傘屋に住めばよいのだと、お辰は実に爽やかな物言いでおくまに伝えているのだ。

「おかみさん……」

おくまも泣きそうになった。

気儘に生きてやろうと恰好をつけてみたが、心の底ではずっと緊張に襲われていたのだ。

あの頼りない父親は、あれから何と好いおかみさんに恵まれたのであろう——。ほっとすると嗚咽しそうになって、それを堪えて俯いた拍子に、髪の櫛がぽとりと落ちた。

小助は昨夜おくまがその櫛を大事そうに懐にしまったことを思い出し、

「こいつは大事な櫛なんだな。おっ母さんがくれたのかい？」

それを拾っておくまに手渡すと、

「何言ってるんだい……。これは、お父っさんがくれたんじゃあないか」

おくまは詰るように小助を見た。

「そうだったか……。そうだったな……」

小助はうっかりと忘れていた。

しかしその櫛が、別れてからも、おくまが小助のことを嫌ってはいなかった証となった。

言葉を探す小助を、

「まったく、男ってえのは、こういうことをすぐに忘れちまうから嫌だねえ……」

と、お辰はしかめっ面でやり込める。

「いや、こいつはすまねえ、許してくんな」

小助は泣き濡れた顔で、それからしばし女房と娘の酌取りを務めた。

お夏はその姿を眺めながら、

「男はこういうことをすぐに忘れてしまう、か。旦那も親分も、気をつけておくんなさい……」

首を竦める茂十郎と仁吉に、楽しそうに言った。

第三話　根深汁

一

目黒不動の門前に広がる盛り場。
そこから長閑な田圃の方へ抜けると、小路の脇に木立がある。
十月に入ったばかりの冬晴れの日。
お夏は、砂村葱の束を片手に、木立の細い道を歩いていた。
そろそろ、昼に何を食べようかと気になり始める時分であった。
お夏は木立の中にひっそりと佇む、小さな庵へと向かっていた。
そこは、お夏の昔馴染である河瀬庄兵衛の浪宅であった。
かつて、お夏の生家であった小売酒屋〝相模屋〟で書役を務めていたのだが、剣の達人で、お夏の父・長右衛門の人助けにおいて、その腕を大いに揮った。

長右衛門の死後は、それぞれ旅へ出たものの、お夏が目黒に落ち着いたのを見はからったように、庄兵衛もまたこの地に絵師として定住し、時にお夏と清次の手助けをして親交を続けている。

人助けが高じて、闇で何人も屠ってきたので、互いの行き来は控えめにしているが、

「そういえばこのところ会っていなかったような……」

と、互いに想いを馳せる。

お夏にとっては、何よりもありがたい仲間といえよう。

「河庄の旦那、変わりはありませんか」

お夏は、庵の濡れ縁に腰をかけ、絵筆を手にとる庄兵衛を見つけて、砂村葱を掲げてみせた。

「おや、立派な葱だな」

庄兵衛は穏やかな笑みを浮かべた。

お夏が〝どうぞ〟と、葱を縁に置くと、庄兵衛は片手で拝んで、

「昨日は、声をかけてくれたらよかったのだ」

ニヤリと笑った。

「ははは、やはり気付かれておりましたか」

お夏もこれに倣った。

「いえ、お話の邪魔をしてはいけないと思いましてね」

「大した話もしておらぬよ……」

昨日、お夏は好物の煙草〝国分(こくぶ)〟を求めに近くまで来ると、香ばしい味噌の匂いに立ち止まった。

鼻利きのお夏には、それが根深汁だとまでわかるのだ。

――そういえば、河庄の旦那はどうしていなさるのだろう。

匂いの先には、河瀬庄兵衛の浪宅があるので、立ち寄ってみようかと思って、木立の中へ足を踏み入れると、すぐ近くの家の前で、庄兵衛が三十絡みの男と話しているのを見かけた。

とはいえ、無闇に庄兵衛の知り人には近付かぬようにしているお夏である。その場は黙って引き上げたというわけだ。

だが、さすがは武芸の達人である。庄兵衛はお夏に気付いていていた。

「一里離れていても、おれにはお嬢の気配がわかるよ」

〝相模屋〟にいた頃の呼び名を使い、庄兵衛は大仰に頷いて、

「なるほど、それで葱を持ってきてくれたのかな？」

「ふふふ、それもお見通しで……」

「あの男は近頃この辺りに越してきた、合田喜右衛門という男でな。とにかく根深汁が好きなのだよ」

時折は、近所の誼で熱い汁の馳走に与っているという。

葱をざくざくと太めに切り、煮えた出汁に放り込み、味噌をたっぷりと加えてさらにぐつぐつと煮る。

冬になると、根深汁は体をやさしく温めてくれるのでありがたい。

喜右衛門は、遅めの朝餉として根深汁を拵え、昼は食事をとらずに、家に籠って仕事に打ち込んでいるという。

「その姿が、なかなか堂に入っていて、見ていると心が落ち着くのだな」

「刀の研ぎ師のようですね」

「もう確かめていたか。お嬢に隙はないな」

庄兵衛は、ふっと笑った。

「旦那よりも上手ですか？」

「それはそうさ。合(ごう)さんは研ぎ師一筋ゆえにな」

庄兵衛は剣の腕が立ち、さらに絵の才があるので、今はすっかりと目黒の文人墨客の一人として知られ始めているが、刀研ぎの技にも秀でていた。

もっとも、こちらの方は必要に迫られてのことであった。

刀を人に預けないのが庄兵衛の変わらぬ信条である。

特に、〝相模屋〟の人助けで刀を揮い、盗賊〝魂風一家(たまかぜいっか)〟の一人として、悪徳商人とそれに繋がる不正役人達の金蔵を荒らしまくるようになってからは、自分で刀の手入れをしなければならなかった。

研ぎに出せばよいのだが、刀には争闘の跡が残る。あらゆる修羅場で揮った刀を研ぎ師に見られては、命取りになりかねないのだ。

庄兵衛は文武両道の武士で、武芸以外のことにも無心で取り組めるだけの精神力を備えている。

刀に切れ味という魂を込めていく刀研ぎの技に魅せられ、ほとんど独学で研ぎ師に劣らぬ技を身につけ、自分の差料を人の手に預けずともよいまでになった。

この技を生かして、長右衛門を始め、〝相模屋〟で義侠に生きる者達の武器を密（ひそ）かに研ぐのも、庄兵衛の仕事となった。

お夏の朱鞘の愛刀も、これまで何度となく庄兵衛の手によって研がれていたのである。

それゆえにお夏は、庄兵衛が近くに越してきた研ぎ師に興をそそられるのが大いに頷けるのである。

「真っ直ぐな気性で、世渡りが下手で、仕事熱心な男でな」

「研ぎ師としての腕も好い……」

「うむ」

「旦那好みのお人なわけですね」

「といって、あまりつるまぬ方がよい相手だ」

「なるほど」

庄兵衛はお夏の手伝いをして、今でも時に血刀を揮う。

誼を重ね過ぎると、喜右衛門も庄兵衛についてもっと知りたくなり、腕の好い研ぎ師の勘が働き、庄兵衛がただの絵師ではないと気付くかもしれない。

絵師とはいえ、武士であることはわかっているし、庄兵衛の差料に興味を抱かぬとも限らないのだ。

そういう庄兵衛の心得を、仲間としてお夏はよくわかっている。

絵師と研ぎ師という、技芸に生きる者同士の、立ち入らぬ付合いを庄兵衛は守っているらしいが、

「まだ目黒に来たばかりで、土地に馴染みがない男だ。お嬢の居酒屋を勧めてやりたいのだが、よいかな?」

と、気遣いを見せた。

「ええ、毎度ありがとうございます」

お夏はにこやかに応じた。

居酒屋に時折顔を出せば、そのうちに合田喜右衛門の人となりも知れよう。

庄兵衛は、そこを期待しているのであろう。

何とはなしに気になる研ぎ師で、場合によってはそっとお節介を焼いてやりたい。

しかし、あまり昵懇（じっこん）の間柄になるのは慎まねばならない。

ひとまず、お夏に任せておくのが何よりだと庄兵衛は思っているのだ。

「ありがたい。お嬢、ひとつよろしく頼みますよ。もらった葱をお裾分けしがてら、話しておくのでな」

庄兵衛は、縁に置かれた砂村葱を押し頂いてみせた。

すっかりと風雅に生きる絵師の風情を見せている河瀬庄兵衛であるが、思慮深く、凄腕で、物ごとに動じない。お夏にとっては、誰よりも頼りになる存在である。

しかし、考えてみれば彼も齢（よわい）五十になろうとしているはずだ。

昔と変わらず、物腰には隙がなく、体は引き締まっているが、髪にはほんのりと白いものが交じっている。

その様子が、お夏をほのぼのとした心地にさせる。

そしてまた一方では、言いようのない哀切に襲われて、胸を締めつけられるのであった。

二

その翌夕、合田喜右衛門はお夏の居酒屋へやってきた。

河瀬庄兵衛からは、

「安くてうまい居酒屋があるから、時に飯を食って、一杯やればよい。店の常連達にはわたしはあまり知られておらぬゆえ、女将にそっと、河瀬に聞いてやってきたとだけ言えばよろしい」

と、言われていたので、縄暖簾を潜ると、まずお夏に耳打ちしてから、

「酒と、肴は二品ばかり頂こう。それと、根深汁ができるのならもらおうか」

と、注文をしたものだ。

喜右衛門は、根深汁を酒の肴にもするらしい。

清次は、葱を少しだけ炭火で焼いてから、味噌の出汁に入れるのだが、

「うむ、これはいける。肴になる」

喜右衛門はそのように言いつつ、酒を終え最後に飯を頼む時にも、

「根深汁をもう一杯もらおうか」

と、お代わりをする。

ふーふーとして汁を吸い、ほくほくとして葱を嚙み締める様子を見ると、

「清さん、おれにも根深汁をおくれ」

他の客達も頼まずにはいられなくなる。

こうなると、

「真似をさせてもらいますよ」

などと、客達は喜右衛門に声をかけるので、彼はその日のうちに〝根深汁の旦那〟で通るようになった。

喜右衛門は、居酒屋には頼りになる河瀬庄兵衛と一緒に行きたかったのだが、庄兵衛は人との間合をしっかり取るのが信条なのだと思えた上に、

「お夏という女将は、知らぬ仲でもないのだが、あの店はわたしにはちと賑やか過ぎるところでござってな」

と言われると、誘い辛かった。

だが、

「合さんには、重宝する店だと思いますよ」

との言葉通り、お夏の居酒屋は誰を誘わずとも、一人でふらりと行けるところで、懐にもやさしかった。

庄兵衛と行けばさらに楽しいかもしれないが、勘定はきっと庄兵衛が払うと言うであろうし、それもいささか心苦しい。

好きな時に顔を出し、清次が拵える絶品の根深汁に舌鼓を打つのが何よりだと、喜右衛門は思った。

女将は、荒くれの常連達から恐れられる存在であるが、庄兵衛からの紹介であるのが功を奏しているのか、喜右衛門にはぶっきらぼうながらも、あれこれ気を遣ってくれる。

馴染みとはいえないのに、すぐに受け入れてくれる居酒屋を、喜右衛門はすっかりと気に入ってしまった。

さっそく翌日になって、庄兵衛を訪ねてみると、

「気に入ってくだされたか。それは何より。とはいえ、わたしにはいささか賑やか過ぎるのもわかってくだされたかな……」

彼は高らかに笑って、写生に出かけていった。

――真にありがたい人だ。

それほど語り合った仲でもないのだが、昔から知っているかのような安心を覚え、まだこの土地に慣れぬ自分にとって実に頼りになる。

好い人に巡り合えたと、喜右衛門はつくづくと思ったものだ。

間合を取りつつ、心の内にすっと入ってくる――。

そういう意味では、お夏と料理人の清次は、河瀬庄兵衛とよく似ている。

「時折、一杯やりに行けば、きっと気も晴れましょう」

庄兵衛はそう言ったが、喜右衛門は毎日のように夕方になると、お夏の居酒屋で根深汁を食べるようになった。そうして、

「いや、わたしも葱を一度炙(あぶ)ってから鍋に入れるようにしたのだが、やはりここの根深汁のようにはいかない」

それが口癖となった。

とはいえ、朝昼兼用の食事は家でとり、その折は毎度自分で根深汁を拵えるのだと、少し恥ずかしそうに言った。

どちらかといえば無口に見える喜右衛門だが、酒が入って人に話しかけられると、なかなかに饒舌となる。

慣れぬ土地で、黙々と研ぎ師としての仕事をこなしていると、孤独に襲われることもあるらしい。

自分のこれまでのことを、飾らず堂々と常連達に告げたものだ。

庄兵衛はお夏の居酒屋を勧める折に、

「あの居酒屋で出た話は、自ずと耳に入ってくるのだが、不思議なことに誰の耳にも入るものではないのですよ」

と言った。

噂は広まっても、あくまでお夏に認められた者の耳にしか入らないというわけだ。

あまり居酒屋には行かない庄兵衛であるが、彼の耳には居酒屋の噂話は届いているらしい。

庄兵衛には面と向かって言うのが恥ずかしいことも、居酒屋で一杯やりながら、問われるがままに応えれば、やがては庄兵衛の耳に届く——。

その想いが、喜右衛門を饒舌にしたようである。

喜右衛門がお夏の居酒屋に行くようになって、五日がたった時には、彼の人となりは誰もが知るところとなった。

合田喜右衛門は武家の出で、親の代からの研ぎ師であった。

父は腕はよかったが早世してしまったので、喜右衛門は技をしっかりと学べぬまま研ぎ師となった。

それでも喜右衛門は、親の跡を継ぎ研ぎ師になったのは幸せであったと、心から思って生きてきた。

刀工が鍛えた刀には霊験があるというが、研いでいくうちに厳かな光を放ち、時に妖しく輝く。

その瞬間を目にした時の陶酔は何ものにもかえがたい。

父は、息子に期待したが、自分の技を伝えられぬまま死んでいったのは、さぞ無念であったことだろう。

死に臨んで、彼は喜右衛門の行末を、かつての弟弟子・来島金兵衛（くるしまきんべえ）に託した。

金兵衛は、喜右衛門に非凡な才を見出し、

「まず精進をすることだ。ひたすら修業を積めば、お前なら当代一の研ぎ師になれるぞ」

そのように励ましてくれた。

「それでまあ、独り立ちをして、この静かな目黒の地へやってきたというわけで」

喜右衛門は、ごくかいつまんで自分の来し方を語ったが、

「独り立ちをして」

という言葉がお夏には今ひとつ力なく思えた。

円満に師匠の許を離れ、独り立ちをしたわけではなかったのかもしれない。

河瀬庄兵衛も、一刀流の遣い手で剣術道場の師範代まで務めていたが、親の権威を笠にきた小癪な旗本の子息を、稽古場で叩き伏せて道場を出た過去がある。

庄兵衛は、喜右衛門に自分と同じ匂いを覚えたのかもしれない。

爽やかさが漂う喜右衛門ではあるが、時として端整な顔に翳りが浮かぶ。

独り立ちをしたとて、満足な仕事が出来ていない苛立ちに襲われるのであろう。

お夏の居酒屋に通うこと数日の間。

喜右衛門の口から、今手がけている仕事についての話はまるで聞かれなかった。

考えてみれば、彼の住む庵に刀が持ち込まれているならば、軽々しく家を空けて

居酒屋へ飲みにもくるまい。

どこぞの刀匠の許や、武家屋敷へ出張っている様子もない。

庄兵衛が、一心不乱に刀を研ぐ喜右衛門を見て以来、どうやら彼は仕事にあぶれているらしい。

安い居酒屋とはいえ、毎日通えばそれだけ銭がいる。

庄兵衛に勧められ、五日ほど居酒屋で根深汁を食べた喜右衛門であったが、そこからぱったりと足が遠のいた。

庄兵衛はよけいなお節介を焼くと、喜右衛門がかえって気を落すと思って、彼の家を覗くのを控えた。

好い腕を持ちながら、なかなか世に認められない。

三十歳になろうかという喜右衛門は、刀を研ぎたくてうずうずとするが、仕事が回ってこないという試練に直面しているのであろう。

――こんなことをしていてよいのか。

独り立ちをしたものの、再び師匠の許に戻らせてもらおうか。いや、ここが踏ん張りどころだ。

庄兵衛には彼の心の叫びが聞こえてくるのだ。

庄兵衛自身、五十になろうとしている今、色んなことが頭を過る。

そもそもは剣客として暮らすつもりが、件の事情で道場をとび出した。

そこを拾ってくれたのが、相模屋長右衛門で、庄兵衛の気性を気に入って、店の書役に呼んでくれた上で、

「剣客として世に出るつもりだったら、後押ししますから、思うようにしなせえ」

と言ってくれた。

しかし彼は、馬鹿な旗本の息子に忖度する剣術界の体質に嫌気がさしていて、長右衛門の下で、人助けに己が剣を揮うことに生涯を費やさんと決心した。

それから今までは、余人には味わえないような痛快な働きをしてきた。

弱い者が喜ぶ姿。悪が滅びる姿。いずれを見るのも心が躍ったものだ。

そしてこの目黒に落ち着き、絵師として悠々自適に暮らしている。

自分の人生は幸せであったといえるであろう。

だが、若き日に彼が志した剣の道は、今ではもうはるか遠くにある。

絵師の才はそれなりだ。世を忍ぶ仮の姿としては上出来だが、本物の絵師とはい

えまい。

このまま死を待つのか。

老いたりとはいえ、まだまだ真剣を抜いて、人に後れをとる気がしない。

となれば、その間に何かすべきことはないのであろうか――。

それを思うと、このまま無為に生きるなら、いっそ腹を切って死んでしまいたいという衝動に駆られる時がある。

合田喜右衛門には、まだまだ先がある。

だがそれは五十になる庄兵衛ゆえに言えることで、

「三十になるというのに、おれは江戸の片田舎でくすぶっていていいのだろうか」

喜右衛門本人は、さぞや焦燥に駆られているに違いない。

このところ自分自身にも起こる焦燥が、庄兵衛の喜右衛門へのお節介な想いを、さらに高めていた。

そんな折、喜右衛門に朗報が舞い込んだ。

来島金兵衛門下では兄弟子に当る、冨士井比呂兵衛（ふじいひろべえ）という研ぎ師が、実にありがたい仕事を喜右衛門にもたらしてくれたのである。

三

「なかなかよいところではないか」

冨士井比呂兵衛は、合田喜右衛門の住まいを訪ねてきて、大いに感じ入った。

「おれもこんな長閑なところに独り住んで、刀を研ぎたいものだなあ」

「いえ、それも仕事があればの話ですよ」

喜右衛門は頭を掻いた。

「独り立ちするのも大変だな」

比呂兵衛は小さく笑った。

喜右衛門が、来島金兵衛の許を出た後も、比呂兵衛は金兵衛からの仕事をこなし、研ぎを続けている。

あくまでも自分の間尺に合ったところで、ゆったりと刀を研ぐ。

それが兄弟子の信条で、何ごとにもおっとりとして怒らず、

「まあ、何とかなるものだよ」

楽天家である比呂兵衛を、喜右衛門は慕っていた。

来島門下では、兄弟子を凌駕する技を見せ、何かと人目についた喜右衛門であった。

それゆえ弾け飛ぶがごとく、目黒で独り立ちすることになったが、それからがぱっとしない。

大器晩成の研ぎ師もいる。

十分に英気を養い、大きく翼を広げてから飛び立った方が、技芸に生きる者は幸せなのかもしれない――。

喜右衛門は、久しぶりに比呂兵衛に会うとつくづくそのように思えてならなかった。

「だがなあ喜右衛門、そのおれがここへ来たのは、お前の苦労を確かめるためではないのだ。喜べ、お前の腕が世に出る時がきたようだぞ」

思わず暗い表情となる喜右衛門を見て、比呂兵衛はからからと笑った。

「と、おっしゃいますと？」

「今日はお前に仕事を持ってきたのだよ」

「左様で……？」

喜右衛門の顔に朱がさした。どこまでも穏やかな比呂兵衛にそう告げられると、この兄弟子のふくよかな顔が仏に見えた。

「青木様の御屋敷へ行ってもらいたいとのことなのだ」

「青木様……」

青木主殿。交代寄合八千石の旗本。伊豆にある知行所では良質の塩が取れ、随分と内福であると噂されている。

屋敷は白金一丁目の高野寺東方にあり、目黒不動門前からはさして遠くない。

ここの当主である主殿は、刀剣好きで知られていて、

「余の刀を手入れしてくれる研ぎ師を、屋敷へ呼ぶように」

との下命があり、青木家の家来から来島金兵衛に問い合わせがあったのだ。

金兵衛は現在、お抱え研ぎ師として、数家に出入りしているゆえに、

「これは、合田喜右衛門に行かせましょう」

と、応えたという。

「御師匠が、わたしに……」

喜右衛門は目を丸くした。

「わたしなどより、冨士井殿にお任せになればよいものを……」

そして兄弟子に遠慮した。

「いやいや、これは目黒に住まいを構えている喜右衛門こそ相応しいのだよ」

比呂兵衛は諭すように言った。

「それに、こう見えてもこの冨士井比呂兵衛も、近頃は御師匠の口利きで、方々から研ぎを頼まれるようになったのでな」

「左様でございましたか。なるほど、これは御無礼仕りました」

大好きな兄弟子の活躍をも知り、喜右衛門はますます嬉しくなってきた。

「しかし、御師匠がわたしを……」

「御師匠も、お前にはすまないことをしたと、心の内では思われているのだろうよ」

比呂兵衛は、神妙な面持ちで言った。

喜右衛門は少し口ごもって、

「わたしが、涙ながらに喜んでいたとお伝えください」

わざわざ兄弟子に目黒に来てもらったことを詫びつつ、これに応えた。

「うん。そう伝えておこう。喜右衛門、承知だな？」

「もちろんでございます。忝（かたじけの）うございます！」

言葉通りに、喜右衛門の目に涙が光った。

青木家には、しばらくの間逗留（とうりゅう）して、作業をすることになりそうだと、比呂兵衛は言う。そこからは自分の実力で、研ぎ師としての地位を確かなものにしてやる。

独り立ちをする際には、師・来島金兵衛との間に、ちょっとした確執があった。

そのことがずっと胸の痞となっていたのだが、

——御師匠も、同じ想いでいてくだされたのだ。

そのように考えると心が晴れた。

八千石の交代寄合である青木家からの招きである。

弟子の喜右衛門を呼び出し、少々恩を着せて申しつければよいものだが、誰よりも仲がよかった兄弟子の比呂兵衛を遣いにやったのは、金兵衛なりの心遣いであろう。

「ゆめゆめ、礼を言いには来るなとの仰せだ」

比呂兵衛はそう告げた。

しっかりと、青木家の注文をこなした暁に、この度の仕事の苦労話を聞こうではないかと金兵衛は言っているそうな。

今会えば気まずさもあり、互いに決まりが悪かろう。

青木家から頼まれた刀剣の研ぎをいかにこなしたかを報告するのなら、喜右衛門も話し易かろう。

そのうちに、少しでもわだかまりが薄れていけばよいではないかという、金兵衛の配慮であるに違いない。

「お任せくださりませ。青木様にきっと御満足いただけるだけの仕事をしてみせますゆえ」

喜右衛門は、比呂兵衛に力強く応えると、

「うむ、よかったな。よかったな」

と繰り返して立ち去る比呂兵衛を見送った。

そして、一人になると心が浮き立った。

八千石の交代寄合となれば、旗本の中でも最上位で、大名並の家格である。

青木主殿は居合の名手で刀剣好き。

先祖代々収集した名刀が、屋敷の内に保管されているはずだという。

これらの手入れをさせてもらうのは、研ぎ師の冥利に尽きるではないか。

喜右衛門は、じっとしていられずに、まず酒屋へ走り、なけなしの銭をはたいて、上方からの下り酒を一升分買った。

まずそれを持って、河瀬庄兵衛の許へ向かわんとしたのだ。

お夏の居酒屋でした話は、もう庄兵衛の耳には届いているだろう。

このところは、ぱったりと店に行かなくなったということも聞き及んでいて、庄兵衛は随分と気にかけてくれているのではないか。

世渡り下手な喜右衛門ではあるが、自分に好意を示してくれる人かそうでないかの見分けはしっかりと出来る。

いきなり居酒屋へ行って、この度の幸運を常連達相手に話し、酒に酔っておだをあげたい気もするが、

——まず、河瀬殿を訪ねよう。

と思い立ったのは、河瀬庄兵衛がこれまでの自分の苦労と、今日舞い込んだ仕事の値打ちが誰よりもわかる人だと思ったからであった。

日頃は、何かというと庵を出て、ぶらりぶらりと写生に赴く庄兵衛であるが、今はまだ昼前である。きっと庵にいるはずだ。

「河瀬殿！　ちとお邪魔をしてよろしゅうござるか？」

酒徳利を手に家をとび出し、河瀬宅で案内を乞う喜右衛門の声に、このところの屈託はすっかりと消えていた。

四

その夜。

店仕舞の頃、お夏の居酒屋に河瀬庄兵衛が現れた。

いつもながらに、常連達とは顔を合わさないようにとの、庄兵衛なりの気遣いである。

お夏と清次は、それを機に縄暖簾を下ろして店を閉めた。

元より客足も切れていたし、こうして三人だけで語らうのも、親類が訪ねてきたような心地がして楽しい。

「まずは、ほっとしましたねえ」

庄兵衛が長床几に腰をかけると、お夏が頰笑んだ。

「合さんは、喜んでいただろう」

庄兵衛はにこやかに言った。

合田喜右衛門は、庄兵衛の浪宅で酒を飲みながら、青木家での仕事について報告した後、居酒屋へやってきて、

「このところは、しょぼくれていたが、やっと運が巡ってきましたよ」

と、喜びを爆発させ、不動の龍五郎を始めとする常連達からの祝福を受けて、大いにおだをあげた。

珍しく鼻唄交じりで家へ帰ってくる喜右衛門の姿を見届けてから、庄兵衛は居酒屋へとやってきたのであった。

「そりゃあもう、喜んでいましたよ」

居酒屋での様子は、お夏が見ても頰笑ましいものであった。

才があるのに不遇を強いられる者はこの世には多い。

そして、そこから羽ばたいていく者の姿を見るのは心地のよいものだ。

お夏の周りにいる者は皆、苦労知らずで出世を遂げた者には何の興味も示さぬが、合田喜右衛門のような爽やかな男が悩みを抱え、そこから脱していく姿を見るのは、何よりの好物なのだ。

居酒屋は喜右衛門の壮行会と化したのだが、喜右衛門が庄兵衛だけに告げたこともある。

庄兵衛はさっそくその話を、お夏と清次にしにきたのであった。

「合田喜右衛門が刀研ぎの師匠の許を出たのは、来島金兵衛なる師匠が、受けた仕事を弟子にさせておいて、己が手柄にしたことが何度かあったからだという……」

師弟にはそういうところもあろう。

剣術の道場においても、師を超えた弟子が、わざと師に勝ちを譲ることもある。

黙って師を立てておけば、そのうちに師は弟子を引き上げ、

「わたしが育てた者にござります る」

などともったいをつけつつ、それなりの高みにまで連れていってくれるというも

のだ。

だが、報恩の想いはあれど、弟子の仕事をさも自分がしたように見せかけるのは、人としてどうかと思える。

「喜右衛門は、もうわたしの技を超えましてございまする」

と、言ってくれたら、

「とんでもないことでございまする。御師匠のこの鋩子(ぼうし)のなるめなど、まだまだわたくしの技の及ぶところではございませぬ」

こんな言葉も素直に出よう。

しかし、自分に一言もなくそのようなことをされると、その事実を責め、詰るまでは出来ずとも、

——それはあまりにも、お情けなきことではございませぬか。

そのような態度をついとってしまう。

金兵衛も、内心忸怩(じくじ)たるものがあるだけに、喜右衛門を遠ざけるようになる。

それが高じて、

「お前もそろそろ独り立ちをしたらどうじゃな」

などと、金兵衛は言い出した。

師への想いも冷めてきていた喜右衛門は、

――ちょうどよい折だ。

と、この話に乗った。

自分の腕に自信があったし、金兵衛とて喜右衛門抜きでやっていけるなら、それでよいではないか。但し、自分の仕事を盗むことはもう出来ぬぞ。

そんな怒りが喜右衛門を動かしたのだ。

「しかし、この喜右衛門がいなくても、師匠の金兵衛は困りませんでした。師匠には長く研ぎ師として生きてきた、あらゆる貯えがあったのです。それに引きかえわたしは、何か困ったことがあったらいつでも言ってこいと師匠に言われたものの、素直になれずに、意地を張ってこのありさまです……」

すると来島金兵衛は、喜右衛門の窮状を知り、自分の方から手を差し伸べてくれたのだ。

これ以上、意地を張ってはいけない。

かくなる上は、厚意をありがたく受け、

「さすがは来島金兵衛の弟子だ」

と、青木家を唸らせねばなるまい。

「河瀬殿、それでよろしゅうございますね。わたしは間違うてはおりませぬね」

下り酒に酔いながら、喜右衛門は庄兵衛に同意を求めたのであった。

「うむ、よい分別ですぞ。今まで溜まりに溜まったうっぷんを、御屋敷で存分に晴らしておいでなされい」

庄兵衛は、そのように応え、喜右衛門を励ましたのであった。

「なるほど。そんなことがあったのですねえ」

お夏は、人にはよくある話だと頷いた。

弟子の仕事を自分のものにしてしまう金兵衛はいけないが、金兵衛とて研ぎ師としての自分の腕に不安を覚え始めたのであろう。

そんな時、弟子が研いだ刀を絶賛されて、

「はい、それは、まあ、わたしが……」

などと、思わず言ってしまったのかもしれない。

それを気にかけて、青木家の仕事を喜右衛門に回さんとしたのならば、一切のわだかまりを自分の頭の中から忘れさるよう努めればよいではないか。

庄兵衛の喜右衛門への想いは、お夏にはよくわかる。

「旦那はやさしいお方ですねえ」

清次がぽつりと言った。

「いやいや、やさしいというよりも、この歳になると、色々なことが先にわかってしまうのだろうな」

庄兵衛は溜息をついた。

「考えてみれば、おれも合さんと同じように、旗本の馬鹿息子に気を遣う師匠に逆らって、道場を出てしまった。だが今思えば、道場を続けるためには、あれこれと世渡りもしないわけにはいかなかったのだろう。師範代のおれはただ怒っていればいいだけで、勝手なものだ」

「後から剣術の先生に頭を下げていれば、河庄の旦那は、立派な剣術の師範になっていたでしょうよ」

お夏は、神妙な面持ちで庄兵衛に酒を注いだ。

「道場を出たことは悔やんではおらぬのだ。そのお蔭で、相模屋長右衛門と出会えた。それがなければ、今こうして、お嬢や清さんとも笑いながら一杯やっていなかっただろう。ただ、それから一度も先生に会うこともなく、ここまできたのが悔やまれる」

「先生は今？」

「風の便りに亡くなったと聞いたよ。一目会って、あの時はわたしも若かったので、つい小癪な真似をしてしまいました……。一杯やりながら、頭を下げておけばよかったと、時折胸が痛むのだ」

庄兵衛が道場をとび出した時、剣の師は今の庄兵衛くらいの歳恰好であった。

それゆえわかることもあるのだと、庄兵衛は語った。

喜右衛門がこれを機に、来島金兵衛と和解し、新たな師弟の絆が生まれたら、この上もない。

庄兵衛はそのように思うゆえ、何やら落ち着かないのだ。

「青木の殿様の刀を研ぐのは誉(ほまれ)高きこととかはしれぬが、金兵衛殿も、これは合田喜右衛門にしか務まらぬと思って当らせたのであろう。となれば、殿様は随分と刀の研ぎ具合にうるさいのかもしれぬ。ここはひとつ乗り切ってもらいたい」

それでこそ、金兵衛との新しい絆も生まれるというものだと、庄兵衛は想いを馳せた。

——ふふふ、やはり河庄の旦那は、やさしくて、お節介だ。

お夏は庄兵衛が照れるであろうから、何も言わずに酒を注ぐことに徹したが、心の内ではこの男が自分の身内でよかったと、つくづく思っていたのである。

五

かくして合田喜右衛門は、青木家家老・目加田(めかた)秋之丞(あきのじょう)の来訪を受け、支度金二両を手渡され、その二日後には慌しく、青木家の屋敷へと入った。

そこから数日は、屋敷に泊まり込みで、まず二振りの刀を研いでもらいたいとのことであった。

「数日、でござりまするか?」

喜右衛門は、思わず問い返した。

刀剣の具合によるが、通常刀を研ぐとなれば十日くらいはかかるからだ。

「急かすわけではないが、刀は日頃より殿御自ら御手入れをなされているゆえ、さのみ暇(いとま)はかかるまい」

秋之丞はにこりともせずに言った。

歳の頃は五十を過ぎたくらいであろうか。冷徹な老臣としての風情漂う秋之丞には、それ以上は訊ねられなかったが、彼が話す仕事の流れから考えると、青木家に伝わる古刀を蘇らせるような研ぎではないらしい。

青木主殿は、田宮流居合術の達人と言われている。

それゆえ、刀剣好きであり、刀の手入れを欠かさぬのだが、巻藁などを両断する居合の稽古を日課としているので、刀の切れ味にこだわるらしい。

手入れは出来ても、研ぐのは難しく、これは研ぎ師に任せているのだが、

「今ひとつ、満足なされておられぬのじゃ」

で、あるそうな。

主殿は、時に居合の稽古に没頭することがあるので、愛刀をいつも切れ味抜群にしておくのが望みなのだ。

錆(さび)ついた刀に、新たな輝きを吹き込む。

そのような仕事を思い描いていたので、いささか拍子抜けしたが、本来武士の刀は美術品ではない。

腰に差して、いつ何時でも敵と戦えるように備える武具なのだ。

手入れを欠かさず、絶えずよく切れる状態にしておくべきものだ。

そのような心得のために、研ぎ師を召すのであるから、青木主殿はなかなかの武人であるといえる。

研ぎ師に対する見方も厳しいのかもしれない。

「どのようなお望みにも応えてみせましょう」

喜右衛門は力強く応えて、自分を鼓舞したのであった。

屋敷に向かう前には、河瀬庄兵衛にこの由を伝えておいた。

「なるほど、刀の美しさよりも切れ味が大事か。それはそれで腕の見せどころですな。そのうち新たに刀を打たせるゆえ、研ぎを頼むと、殿様が申されるかもしれぬ。まず、唸らせておやりなされ」

庄兵衛は、喜右衛門の不安を取り除いてやり、ここでもよき理解者ぶりを見せた。

喜右衛門は、絵師として悠々自適に暮らす庄兵衛に背中を押されるのが、何より安心出来るらしい。

たちまち勇を得た喜右衛門は、迎えの家士と小者に案内されて、高野寺東方の青木邸へと入ったのだ。

二千坪以上の敷地に長屋門。

大名屋敷並の威容である。

まず主殿との謁見を賜ったが、中奥の書院ではなく、武芸場へと通された。

武芸場は三十坪ばかりで、それほど広くはないが、床はよく磨かれ、稽古場の隅には幾つもの巻藁が立ち並んでいた。

主殿は片肌を脱いで、抜刀の稽古をしていた。四十絡みのやや癇が立った風情がした。

傍らには家老の目加田秋之丞、側用人の室崎平太が控えている。

喜右衛門は稽古場に入ったところの床に、這いつくばるようにして、

「合田喜右衛門にござりまする……」

と、しどろもどろになりつつ名乗った。

「研ぎ師か。そう畏まらずともよい」

主殿は存外にやさしい声音であった。

彼は巻藁をひとつ平太に持ってこさせると、まずこれを抜く手も見せず両断してみせて、

「刀は飾り物であってはならぬ。強うて切れ味がよければそれでよいのじゃ」

納刀と同時に言った。

「まず、よう切れるようにな」

「ははッ……」

喜右衛門は御前を下がると、平太に研ぎ場へ案内された。

ほんの束の間の対面とはいえ、自分に会わんとしてくれた主殿には感激した。

「刀は飾り物であってはならぬ」

その言葉にも大いに頷ける。

盥桶（たらいおけ）に、金剛砂砥（こんごうしゃと）、大村砥、伊予砥など、砥石目の細かな物が調えられていて、刃艶、地艶の砥石も申し分なく揃っていた。

念のためにと持参した砥石や道具類も、必要ないくらいであった。

板間の仕事場の奥は畳敷になっていて、疲れたらごろりと横になれる。

土間には大きな水甕（みずがめ）に洗い場も設（しつら）えてある。

そこは、家士が住む御長屋の一軒を改修したものだが、

「合田殿の仮住まいは、この隣の一軒に用意をしてござる」

と、平太は言う。その上に、

「一刻（約二時間）ごとに遣いの者を差し向けるゆえ、用があれば何なりと申し付けられよ」

と、至れり尽くせりであった。

「真に忝うござりまする。すぐにでも研がせていただきましょう」

喜右衛門の不安は吹きとび、やる気が漲ってきた。

「ならばまず、この二振りを……」

平太が持参したのは、長曽祢虎徹（ながそねこてつ）と津田越前守助広（つだえちぜんのかみすけひろ）、共に二尺三寸の業物であった。

「殿の御愛刀でござる。なるたけ早（はよ）う願いたい」

平太はそう言い置いてその場を去った。

刀身は吐く息に触れても錆び易い。

懐紙を口にじっと見つめると、よく手入れが施されている。

ただ、僅かに刃の傷みが見られるところがある。

――ここを直せとの仰せなのだな。

青木主殿は、斬ることにこだわりがあるらしい。

虎徹も助広も名刀である。これをもって居合の試し斬りをするのは、なかなかに危険を伴う。

下手な斬り方をすると、大きな刃こぼれを起こすかもしれないからだ。

それを研ぎ、再び切れ味を復活させるのは可能でも、その分刀身は細くなる。

細くなれば、強度が落ちる。何かの拍子に折れてしまうことも考えられる。

先ほどの試し斬りを見ると、主殿はなかなかの遣い手のようだ。

なるほど。これくらいの傷みなら、研ぐのにさして暇はかかるまい。

刀そのものを大きく細めずとも研ぎあげられよう。

そこを期待されているのなら、刀身の強さを残しつつ、かつ美しく研いでやろうではないかと、闘志が湧いてきた。

「よし……」

さっそく盥桶の前に座り、研ぎ始めんとした時、ふと気になる錆を見つけたのである。

六

合田喜右衛門は、青木邸に七日逗留して、再び目黒の家へ戻ってきた。殿様からの覚えめでたく、過分な研ぎ代ももらったとのことで、それからは連日お夏の店で美酒に酔った。

「御抱えの研ぎ師も考えておく」

主殿は、家老・目加田秋之丞を通して、喜右衛門にそう言ったというから、喜右衛門の嬉しさも一入(ひとしお)であったといえる。

壮行会となった先日から、一気に実力を発揮した喜右衛門の快挙に、店の常連達は大いに盛り上がったのだが、お夏だけは少し冷めた目で見ていた。

喜右衛門の喜びようが、何か屈託を押さえ込むための方便に見えたからだ。

「近々また、呼び出しがあるようなので、今の間に、たっぷりと飲ませてもらいますよ。ええ、たっぷりとね……」

本来は、こういうはしゃぎ方はしない男なのではないか。

お夏はそのように見たのだ。

その翌朝。

お夏はまた葱の束を手に、河瀬庄兵衛の庵を訪ねた。

お夏の顔を見ると、

「合さんの様子が気になったかい？」

庄兵衛は、開口一番言った。

「ええ、きっと旦那も気になさっているのではないかとね」

顔を見るだけで、何を言いたいかがわかり、一言喋ると相手の肚(はら)が読める。

頼りになる身内とは、互いにそうありたいものだ。

二人は首を竦めて笑い合った。

「勇んで屋敷に乗り込んだものの、今ひとつ気乗りがしない仕事をさせられた……。そんなところではないだろうか」

青木邸から帰ってきた喜右衛門は、まず庄兵衛に会いにきたらしい。

青木主殿は試し斬りをするのが好きで、研ぎはその手当が主であり、

「わたしの仕事については、随分と気に入ってくださいました」

と、青木邸での首尾を報せたものだが、お夏が見るように、研ぎ師として大きな仕事をやり遂げたという満足は得られなかった。そんなやるせなさが、表情に表れていたと庄兵衛は感じたという。

「気に入ってくだされたのなら、まず務めは果したのだ。初めからあれこれと望まず、ここからさらに信を得ることだな」

庄兵衛は、通り一遍の応えを返した。

それくらいのことは喜右衛門自身わかっているのだが、庄兵衛のような世に長じた文人に言われると、改めて納得出来るものだ。

初めから応えを期待して言っている節もあるのに違いない。庄兵衛はそう思ったのだ。

「左様でございますね。わたしは、与えられた仕事をしっかりとこなせばよい。ただそれだけですね」

納得する喜右衛門に、いつもの明るさはなかった。

お夏と同じことが、庄兵衛も気にかかったといえる。

八千石の交代寄合である青木家から厚遇を受けているのだから、何もかも想いのままにはいくまい。

気にはかかったものの、そこは突き放した庄兵衛であったが、お夏もまた喜右衛門に屈託の色を見たという。

「お嬢、どうも引っかかるな」

「引っかかりますねえ」

「他のことなら好いのだが、研ぎ師は何といっても刀を扱うゆえにな」

「ええ、そこが気になります」

他人のことに気を回し、やきもきとする――。

好い歳をして、何を考えているのだろう。

二人共、苦笑いを禁じえなかった。

しかし、お夏と庄兵衛は世間の裏で起こる奇っ怪な事件をいくつも目にしてきている。

自ずと、喜右衛門がいかなる事件に巻き込まれる恐れがあるかに、不確かながらも想像が広がるのだ。

「それとなく、気にかけておこう。今はな……」

「そうですねえ。今は……」

　合田喜右衛門に、再び青木家から呼び出しがかかったのは、その二日後であった。

七

「先だって同様に、こ度もまた殿は刀を研いでもらいたいとのことじゃ。よろしく頼みますぞ」

　青木邸に入ると、側用人の室崎平太がさっそく刀を二振り手にして、仕事場にやってきた。

「畏まってござりまする」

　喜右衛門は如才なく振舞ったが、その表情は硬かった。

「殿様におかれては、おぬしが研いだ刀で、さっそく試し斬りをなされて、切れ味に満足されていた」

「ありがたき幸せに存じまする」

「よしなにのう」

平太はひとつ頷くと立ち去った。

喜右衛門は、呼び止めんとして思い直した。

訊ねたいことがあったが、言い出せなかったのだ。

今、平太が置いていったのは、〝奈良三作（ならさんさく）〟と呼ばれている刀の内の二振りである。

刀身を検めんと、喜右衛門はゆっくりと白鞘から抜いて、じっと見つめた。

――やはりそうだ。

先だって研いだ刀もそうであったのだが、この刀も刃文の中に錆があるのがわかる。

小さなものだが、これは人を斬り、刀身に血がついたまま納刀することで出来る錆なのである。

ということは、青木主殿は試し斬りで、人を斬っていることになる。

といっても、据物斬りといって、罪人の死体を斬って刀の切れ味を試す武士は多い。

死体に血が残っていれば刃に付くであろうし、骨に当ると刃こぼれを起こす恐れもある。

それゆえ、前回も今回も据物斬りによって出来た錆と刃こぼれが刀に見られたと思われる。

しかし前回の逗留でさらに気になることがあった。

喜右衛門のために用意された住まいに、誰かが住んでいた形跡があるのだ。

もちろん、ここは御長屋の一室であるから、先住者がいたとておかしくはない。

喜右衛門が逗留するにあたり、ここに住んでいた家来が、家移りさせられたのかもしれない。

しかし、畳の隙間のところどころに研ぎ粉が付着していたり、この御長屋の一室には、自分と同じ匂いがするのだ。

つまり、自分が仕事を頼まれる前にも、この屋敷には研ぎ師が呼ばれていたのだ。

それもまた、青木家の家格からすると何もおかしくはない。

居合の名手で試し斬り好きな殿様が、研ぎ師を屋敷へ呼ぶのは当然であろう。

だが、考えてみると青木主殿ほどの旗本にお抱えの研ぎ師がいないというのも不思議である。

兄弟子の冨士井比呂兵衛は、

「研ぎにはうるさい殿様ゆえ、なかなか研ぎ師が落ち着かないようだな」

と、話していたが、以前は青木家にもお抱え研ぎ師がいて、屋敷に出入りしていたという。

それが、主殿の代になって任を解かれ、新しい研ぎ師が呼ばれたものの、どれも気に入らなかったらしい。

そのお蔭で、喜右衛門に仕事が回ってきたわけだが、考えようによっては、研ぎ師の方が主殿から離れていったのかもしれない。

今のところは、研ぎ師としての腕を買ってくれているが、何かの折に豹変するのかもしれない。

青木家の屋敷に逗留する間、喜右衛門の身の廻りの世話をしてくれている中間(ちゅうげん)に、

「ここにはどなたか研ぎ師の方が逗留していたのかな」

と、問うたところ、

「へい。確か、鎌之助(かまのすけ)というお方が、一時ここをお使いになっておられました」

「鎌之助殿……。そのお方はもう御当家には出入りをされてはおらぬので」

「へい。合田先生がお越しになる一月くらい前から、ぱったりと……」

「何か具合の悪いことがあったとか？」

「さて、わたしは鎌之助先生のお世話をしておりませんので、そこまでは存じません」


と、そこで話が終った。

それ以上、あれこれ問うのも気が引けたし、中間、小者といった武家奉公人には、詳しいことは知らされていないだろうと思ったのだ。

それゆえ、一旦目黒の家に帰り、河瀬庄兵衛に会った後、喜右衛門はそっと兄弟子の比呂兵衛を訪ねた。

このところは比呂兵衛も、師・来島金兵衛の許を出て、近くに仕事場を構えていると聞いたので、報告がてら立ち寄ったのだ。

金兵衛の許へは、一通り青木家の仕事を終えてから挨拶に行くことにしているが、比呂兵衛を訪ねる分にはよかろう。

「喜右衛門か。よく務めているそうだな」

比呂兵衛は、嬉しそうな顔を向けてくれた。

金兵衛も気になって、そっと青木家に問い合わせてくれていたらしい。

「これはここだけの話だがな」

そう言われると、喜右衛門は細かなことを気にしている自分が情けなくなってきた。

何としてでも青木家での仕事をやり遂げねばならないという想いが、一層強くなった。

とはいえ、前任の研ぎ師・鎌之助については気になって仕方がなかった。

鎌之助が青木主殿の勘気に触れて、出入りが止められたのなら、尚さらその様子も聞いておきたかったのだ。

「鎌之助……。ああ、その研ぎ師なら、確か一月ほど前に死んだと聞いた」

「死んだ……？」

「何でも、酒癖が悪い男であったそうでな。酔って芝の海に落ちたらしい」

「左様で……」

「こんなことを言っては何だが、どこに落し穴があるか知れたものではないし、また、穴に落ちた男の代わりに、浮かび上がる者もいるというわけだ」

比呂兵衛は、喜右衛門の胸の内などは知る由もなく、にこやかに語った。

「さらに精進をいたします」

人の好い比呂兵衛によけいな話はするまいと思った喜右衛門は、胸の内のわだかまりを忘れんとしてお夏の居酒屋で連日酔った。

そうして再び青木邸に入ったわけだが、そこでまた渡された刀にも、人を斬った痕跡がある。

このように何度も罪人の骸(むくろ)を確保出来るものであろうか。

――いや、自分は言われた通りに刀を研いでいればよいのだ。

そうは思うが、やはり気になる。

前任の鎌之助は、酒癖が悪かったというが、飲まずにはいられない屈託があったのではなかったか。

あれこれ考えると仕事にならなかった。

ちょうどその日は、家老の目加田秋之丞が様子を見にきてくれた。

冷徹さ漂う武士ではあるが、秋之丞には家政を取り仕切る者の落ち着きがある。

「何か望みはござるかな」

と、問われると、

「殿様は、据物斬りをなされておいでにござりまするか?」

思わず訊ねていた。

秋之丞は一瞬、顔に険を浮かべた。

「それがどうかいたしたかな?」

問い返す声には凄みがあった。

喜右衛門は気圧されて、

「いえ、研ぐにあたって、知っておきたいと思いまして……」

応える声も小さくなった。

「格別のはからいで、打ち首になった者の骸をもらい受けているゆえ、殿は元より家中の者達も、据物斬りの稽古に励んでいるというわけじゃ」

「左様でございますか」

「このような話は、滅多やたらとするものではござらぬぞ」

「はい。御家老の目加田様ゆえに、お訊ねしたまでにござりまする」

畏まる喜右衛門を、秋之丞はしばし睨むように見て、

「何か不審があれば、某に訊ねられよ」

ぴしゃりと言い置いた後、仕事場を立ち去った。

――やはり据物斬りか。

格別のはからいで、首のない骸が当家に下げ渡されるらしい。

少し気持ちが落ち着いたが、目加田秋之丞の不快げな様子を見て、喜右衛門は言い知れぬ恐怖に見舞われた。

喜右衛門の前任の鎌之助の死については、訊ねるのも憚られた。

罪人の骸を斬る。

時に刃は骨にぶつかり、肉片を散らしつつその衝撃に傷んでしまう。

そして、骸を斬ったその刀を、喜右衛門が再びよい切れ味になるよう研ぐ。

合戦が日常であった昔は、それが〝刀を研ぐこと〟であったのだろう。

しかし、泰平の世においては、刀もひとつの美術品にまで高められている。

今の時代にこのような暮らしを送っていては、気が滅入って仕方がない。

青木邸での暮らしは、ひたすら仕事場に籠り刀を研ぎ、隣の御長屋の一室で、運ばれた食事をとり、眠る。

そんな日々を送っているうちに、鎌之助はやり切れなくなって、酒でうさを晴らし、遂には芝の海に落ちて死んでしまったのではなかったか。

いや、もうひとつ——。

喜右衛門の胸の内を締めつけるのは、ある恐ろしい発想であった。

果して青木主殿は、首のない罪人の骸ばかりを斬っているのだろうか。

刀にとり憑かれた者は、その刀で斬り合いをしたくなる欲求にかられると聞いたことがある。

主殿は八千石の旗本である。そのようなことは出来るはずもない。

では、夜な夜な外へ出て、辻斬りを働いてみたいと考え始めたらどうなる。

目黒不動の周辺では、辻斬りの横行など聞いたことはないが、青木邸がある白金一丁目周辺では、時折出るという。

近くには早道場(はやみちば)と呼ばれる通りがある。辻斬り追剝の類が出るので、誰もが足早に通り過ぎるゆえに付いた名だと聞いたことがあった。

その辻斬りの正体が主殿であったとしたら――。

ある時、鎌之助はそれに気付いてしまった。そして口封じのために、事故に見せかけ殺されたのかもしれない。

目加田秋之丞が去り、一人になると、その疑念が沸々と湧いてきた。

そんなことはあるまい。よけいなことを考えずに、黙々と刀を研いでいればよいのだ。

しかし、自分が研いだ刀で罪なき者が斬られていたとしたら、これほど空しいことはない。

研ぎの作業が手につかない喜右衛門は、夜になって御長屋の外へ出て、そっと裏門の方に目をやった。

前に逗留していた折に一度だけ、夜になって裏門からそっと外出をする武士達の姿を見かけたのである。

夜目にはよくわからなかったが、一人は頬隠しのある頭巾姿。それに二人ばかり屈強の武士が付いている。

そのうちの一人は室崎平太であるのがわかった。

身分ある武士の微行か、青木家に用があった客が、ゆえあって人目を忍んで出ていくところなのか。

あれは、今思えば主殿ではなかったのか。

その疑念が頭を過り、同じ時分になって、また裏門を窺い見ると、果して今宵もまた、同じ者と思われる三人が、勝手門から外へ消えていった。

――殿様に違いない。

喜右衛門は確信した。

素早く御長屋に戻った喜右衛門は、それから一心不乱に仕事場と仮住まいの一室を見廻した。

鎌之助が、もしや何かの痕跡をここに残しているのではないかと思ったからだ。

兄弟子の比呂兵衛の話では、鎌之助は青木家からの誘いに喜び、屋敷内で暮らしたいと御長屋の一室に住みついたという。

喜右衛門にもその由、家老・目加田秋之丞から打診があったが、目黒の地を気に入っていた喜右衛門は、仕事がある時だけ泊まり込みが出来るようにと願ったのだ。

それはまったくもって幸いであった。

ここでずっと暮らすとなると、息が詰まりそうだ。身の廻りの世話をしてくれる中間の他は、誰も近寄ろうともしない。自分が鎌之助であれば、大事な書簡などは家中の誰にも見られぬところに隠すであろうと思えたのだ。

だが何も見つからない。

とにかくこの部屋を出るには、早く仕事をすませてしまうしかない。

喜右衛門はそのように思い直して仕事に励んだ。青木主殿が人を斬る姿が頭を過り、時として手が止まったが、とにかく急いだ。

すると、明日にも仕上がろうかという時に、仕事場の隅の小さな棚の上に置いた煙管が、壁との間に落ちた。

棚をのけて拾うと、床の角から一尺ばかりはめ込まれている板が、どうも浮いているように見えた。

その板を外すと、中に細い空洞があり、何か書物のような物が覗いている。

取り出してみると、何かの帳面である。喜右衛門は震える手で開いた。

――これは。

それこそ、鎌之助が誰にも覚(さと)られぬようにと書き残した日誌であった。

八

麻布の御薬園坂(おやくえんざか)は、日が暮れてしまうと、昼間の賑わいがうそのように寂しいところとなる。

博奕場(ばくちば)からの帰り道の遊び人が二人、酒の酔いに浮かれながら通り行く。

今日は博奕に勝ったようで、

「お前の方が勝ったからおごりやがれ」

「けッ、けちな野郎だぜ」

「この勢いで、次に出会った奴をいたぶってやるか」

「そいつはおもしろそうだ」

そんなよからぬことを言い合いながら、寺の角にさしかかったところで、二人の前にいきなり黒い影が躍り出た。そして影の腰間から放たれた白刃が一人を薙(な)いだ。

腹を斬られて声もなく倒れた男を見て、今一人は慌てて逃げ出したが、横合から出てきた新たな二つの影に行く手を阻まれた。

影は悠々と男に追い着き、深々と白刃を突き入れた。

「お見事でござりまする……」

追従を言いながら、もう一人の供と止めを刺したのは、青木家側用人・室崎平太であった。

暗闇に白い歯を覗かせたのは、当主の青木主殿である。

「やはり試し斬りは、生きた人間に限るのう」

合田喜右衛門の疑いは間違っていなかった。彼が丹誠込めて研いだ名刀は、理不尽な試し斬りに使われていたのである。

主殿は、密かに屋敷を抜け出し、辻斬りを働くようになった。

初めのうちは、罪人の骸を斬ったりして、人を斬る感触を味わっていたが、武士たるものが人を斬り殺せぬままに生涯を終えるのは空しいことだと、誤った想いに突き動かされるようになった。

人を斬ってみたいと考えていたのは、平太も同じで、主君への追従と己が好奇が合わさって、諫めるどころか近習頭を引き入れ、三人で人気のないところに繰り出した。

遊び人、やくざ者、酔客などは、

「殺したとて誰も困りますまい」

と、平太に煽られ、遂に人を斬った。

その快感が忘れられずに、これまでも数度辻斬りを働いたのである。

家老・目加田秋之丞はこれに気付いて、御家の一大事であると諫めたが、主殿の悪癖は直らなかった。

もう一人、これに気付いた鎌之助という研ぎ師を、平太が船遊びに連れ出し、近習頭と無理矢理船で酒を飲ませて海へ突き落し、口を封じた。

だが、秋之丞を排除するわけにはいかない。暗愚な殿様とて、家老がいないと御家が回らないことはわかっている。

「余は、不埒な者共を見つけた折に、奴らを刀の錆にしているだけじゃ。案ずるな、いつも手にかけているわけではない。そのうちに夜の外出も控えよう」

と、ごまかしてきた。

主殿は足早に殺害の現場から立ち去ると、

「あと二、三人斬ったら、ほとぼりを冷ますとするか」

と、平太を見た。

「二月ほどほとぼりを冷ましておけばようございましょう。たとえ誰かに見られたとしても、青木家の殿様を誰が咎めだてできましょう。ただ気になることがひとつ……」

「何じゃ」

「また新たに迎えた研ぎ師が、どうも嗅ぎつけたようにござりまする」

「ふん、嗅ぎつけたとて何もできまい」

「とは申せ、あ奴め、御家老にあれこれと据物斬りについて訊ねていたようで。また、我らが裏門を出るのをそっと窺うていたと聞いております る」

「なるほど……。して奴は今？」

「一旦、己が住処に戻っております」

「奴は我が屋敷に住みついてはおらぬのか」

「左様にござりまする。目黒に己が研ぎ場を持っているとか申します」

「そうであったか……。平太、よきにはからえ」

「ははッ！」

畏まる平太を険しい表情で見ながら、

「こ度の研ぎが、今ひとつしっくりとこぬのは、奴の心に乱れがあった……。そういうことかもしれぬのう」

主殿はぽつりと言った。

この時、合田喜右衛門は二度目の刀研ぎの逗留を終えて、目黒不動門前の家に戻っていた。

喜右衛門は、家に戻るやお夏の居酒屋に足を運び、したたか酒に酔って、

「職人の矜持というのは、いったいどういうものなのだろう……！」

と、声高に叫び、河瀬庄兵衛の許を訪ねはしなかった。

そして、家に戻って二日目に、室崎平太が訪ねてきて、

「せっかく一息ついたところだというのに申し訳ないが、殿がそなたに会うて、頼みたいことがあると仰せでな。この話は内々のことゆえ、一切他言無用に願いたい。御家老にもな」

と言う。

「ついては、明日の夜五つに屋敷まで来てもらいたいのだ。遅い時分ですまぬが、殿は御用繁多でな、それまでお体が空かぬ。頼みましたぞ」

喜右衛門は心が乱れたが、言われると是非もない。

「委細、承知仕りました」

と、これを引き受けたのだ。

九

その翌朝。

河瀬庄兵衛の庵に、根深汁の入った鍋を手に合田喜右衛門が現れた。

「やあ、合さん、帰っていたのだな」

庄兵衛は、いつも変わらぬ穏やかな口調で迎えて、

「おや、根深汁かい。こいつはありがたい。茶漬けでも食おうかと思っていたところでね」

根深汁のお裾分けを喜んだが、既に喜右衛門がお夏の居酒屋で、職人の矜持とは何ぞやと叫んでいたことは聞き及んでいる。

「それはよかった……」

喜右衛門は、庄兵衛の家の七輪の上に鍋を置くと、庄兵衛の前に座して威儀を正した。

「どうかしたかな?」

庄兵衛は喜右衛門に向き直って頬笑んだが、

——やはり何かあったのだな。

お夏と清次とで、彼の異変を推し量っていたので、表情とは裏腹に心の内で感じとっていた。

「貴殿を見込んで、お願いしたき儀がござる」

喜右衛門は武家の出である。同じく武家で絵師となっている庄兵衛に、己が想いを託さんとしたのだ。

その心情がわかる庄兵衛は、

「何なりと……」

静かに応えた。

「わたしは今宵、再び青木様の御屋敷へ参ります」

「今宵……、何刻頃でござるかな」

「夜の五つにござりまする」

「左様で」

「これでひとまず青木様の御用は、すみそうです」

「それは重畳にござる」

「それで……、もしわたしが家に戻ってこないようであれば、これを神田鍛治町の研ぎ師・来島金兵衛にお渡しいただきとうござりまする」

喜右衛門は、懐から風呂敷に包んだ冊子を取り出し、庄兵衛の前に置いた。

「その包みはほどかずに、何も訊かずにわたしの願いをお聞き入れくだされたい」

喜右衛門は恭しく頭を下げた。

「委細、承知しました」

庄兵衛は、喜右衛門の言葉をすべて受け容れて、彼もまた威儀を正しつつ、

「だが、合さん、理由は問わないが、わたしの願いはひとつだ。きっとまた帰って

きてもらいたい。こいつを引き取りにね」

にこりと笑った。

「忝うござりまする……。御免くだされい」

喜右衛門は、しかつめらしい表情で畏まると、庄兵衛の庵を辞去した。

「さて、こちらも忙しくなるぞ……」

庄兵衛はぽつりと呟くと、根深汁を温めんとして、七輪に火をおこした。

外では喜右衛門がそっと庵に向かって手を合わせていた。

庄兵衛は、立ち去り難い喜右衛門の想いを五感で受け止めていた。

喜右衛門が庄兵衛に託したものは、青木邸内の仕事場で見つけた、研ぎ師・鎌之助の日誌であった。

そこには、青木主殿の刀を研ぐうちに、

「殿様は辻斬りをしている」

と、察するまでの葛藤が切々と綴られていた。それは、喜右衛門の苦悩と同じであった。

鎌之助は武家の出ではない。それでも、自分が研いだ刀が、無慈悲な殺人に使われているのであれば、自分はすぐにでも御役御免を願い出たいと決心したのだ。

彼自身、主殿が辻斬りをする場を目撃したわけではない。

だが、怪しげな夜歩きに出る様子を見かけ、それからすぐに人を斬ったと思し(おぼ)き刀を研ぐようにと命じられ、屋敷内では絶えず誰かの監視を受けているような――。

それらの事柄から考えると、限りなく怪しい。

鎌之助は、気がおかしくなりそうな日々から脱したいと、ある日勇気を出して、側用人の室崎平太に己が本心をぶつけてみた。

「うむ、そなたが不審に思うのも無理はない」

平太はそれを聞いて親身に接してくれた。

「だが、殿は辻斬りなどなされてはおらぬ。あくまでも据物斬りしかされておらぬのだ。これにはいろいろと理由があってな。詳しゅう話せばそなたも得心してくれるはずだ。一度ゆるりと肚を割って話そうではないか」

そして平太は、芝で夜船を設え船遊びをして一杯やろうと、鎌之助を誘った――。

日誌はここで終っていた。

鎌之助は、酒に酔って芝の海に落ちて死んだことになっているが、日誌からすると、船遊びの席で無理矢理酒を飲まされ、船から落されたとしか考えられない。

喜右衛門は、主殿が辻斬りをしているのではないかと、誰かに相談してはいない。だが、家老の目加田秋之丞に、主殿が据物斬りをしているのか問うたことはあった。

その時は、こんな話を滅多やたらとするものではないと、不興を買った。

そして、裏門から外出をする、主殿と平太らしき人影を窺い見ていた。

それらの行動が既に主殿の知るところとなり、そろそろ合田喜右衛門を始末しておこうと思ったとしてもおかしくない。

今宵、屋敷を訪ねれば、自分は殺されるかもしれない——。

喜右衛門はそう思ったが、このまま逃げたくはなかった。

師匠の金兵衛は、まさか青木主殿がそのような殺人鬼とは思いもよらず、自分にこの仕事を世話してくれたのだ。

たとえ危機が迫っていても、それが仕事ならやり遂げねばならない。それで命を奪われたら、その時はせめて相手に一太刀入れて死んでやろうと覚悟を決めたのだ。

自分がこの世からいなくなれば、金兵衛は河瀬庄兵衛に託した鎌之助の日誌を読んで、その死を悼んでくれるであろう。

長く大小をたばさんではいなかった。

しかし、武士らしく脇差だけは差して、喜右衛門は、夜道を歩いた。

高野寺を過ぎた辺りで、まるで人気のない寂しい通りに出た。

そこにいきなり人影が現れた。

「おお、来てくれたか。この辺りは物騒ゆえ迎えに参った」

人影は室崎平太であった。

「左様で……」

喜右衛門は、思わぬ平太の出現に目を丸くした。物言いがやさしかったので、いささか拍子抜けしたのだ。

「すまぬ。驚かせてしもうたようじゃ。実はな。この辺りに近頃、人を襲う野犬が出るとのことでな。殿御自ら退治にお出ましでな」

「野犬を……お殿様が……」

「気をつけるようにのう。いきなりとびかかってくるというから性質(たち)が悪い。まずはこちらへござれ」

平太はそう言って、喜右衛門を脇道へと誘った。

付いていくと、寺の塀で行き止まりになった木立の中へと出た。

「参ったか」

そこには、黒頭巾姿の主殿が、近習頭を従えて立っていた。

「殿様にござりまするか……」

跪(ひざまず)かんとする喜右衛門を、

「よい。そのままでよい……。跪かれてはお前を斬り辛い」

と、主殿は制した。

或いはという希望は容易く打ち砕かれた。

「やはり……、辻斬りを……」

「どうやらお前は、気付いたようじゃ。それゆえ、今宵辻斬りに遭(お)うてもらうぞ」

「己が研いだ刀で斬られるとは、因果でござりまするな」

「ふふふ、おもしろいことを言う。観念いたせ」

「あなたのような主君を戴いた御家中の方々は、真に哀れにござりまするな！　武士の風上にもおけぬ人殺しめが！」

喜右衛門は、せめて命あるうちに、この殺人鬼に己が想いをぶつけておきたかった。

鎌之助とて、勇を揮って平太に相談をしたのだ。武士の一分を思い知れ。喜右衛門は脇差に手をかけた。

「おのれ、小癪な奴めが……」

主殿は残忍な笑みを浮かべて抜刀した。

家来二人も喜右衛門を取り囲んだ。

——己が生涯は何と不運なのだ。

喜右衛門に自嘲の笑みが浮かんだ、その時であった。

「おのれ！　辻斬りめ！　成敗してくれるわ！」

という怒声と共に、こちらも黒頭巾姿の三人の武士が現れたかと思うと、不意を衝かれた主殿達三人を、有無を言わさず斬り捨てた。

見事な手並であった。

主殿は左肩から袈裟に斬られ、平太は胴を真っ二つに、近習頭は腹を一突きにされていた。

呆然とする喜右衛門に、三人の武士は、

「早う逃げよ！」

「走れ！」

と、叱咤した。

夢を見ているかのような心地の喜右衛門は、

——大変なことが起こった。

と、我に返り、思わず走り出していた。

それを見届けた三人の武士は、

「我らも退散じゃ……」

と、頷き合って、三人ばらばらにその場から走り去った。

この三人の武士。一人は女の男装であった。

不意を衝いたとはいえ、室崎平太を一太刀で仕留めたのはお夏であった。

となれば、主殿を斬ったのは河瀬庄兵衛、今一人の近習頭を刺し貫いたのは清次となる。

三人は、主殿達の動きを予期して、青木邸から出てきたところを目で捉え、主従の悪事を見届けてから、生かしておいてはためにならぬ者達を斬り捨てたのだ。

だが、辻斬りを退治したとはいえ、相手は八千石の殿様である。

血刀を揮い、ことをすませた後は、互いを見守りつつばらばらに逃げるのが、お夏達の流儀であるが、今宵の逃げ足は特に速かった。

――まだまだ体は鈍っていない。

三人の想いは同じであったが、清次は青木邸へ主殿の死を告げる投げ文をするのも難なくこなし、お夏と庄兵衛を唸らせたのだ。

さて、これから青木家はどうなるか。

家老の目加田秋之丞の出方が気になった。

十

合田喜右衛門は、その夜家に駆け戻り、頭から布団を被って寝てしまった。

頭の中は混乱したが、主殿達三人は微行で屋敷の外に出ていたはずだ。

つまり、喜右衛門をそっと殺してしまおうとしていたので、主殿達と自分が会っていたことなど、青木家中の者は知らないはずだ。

そして、自分を殺そうとしていた三人は、辻斬りを成敗せんと駆けつけた凄腕の武士達に斬られた。

となれば、自分の身はこれで助かったのだ。

合田喜右衛門は、青木邸での研ぎの仕事を終えて、目黒の家へ戻っていた。誰に何を聞かれても、そう応えておけばよいのだ。

だが、自分は主殿が辻斬りであることを知ってしまった。

それに勘付いた青木家から、口封じをされることも考えられる。

喜右衛門は再び悩んだ。

ここまできて、やはり逃げたくはなかった。

自分は何も悪いことはしていないのだ。

青木主殿が死んだ今、自分はもう研ぎ師として出入りすることはないだろう。

ひとつの仕事を終えて、ここで堂々と暮らせばよいではないか。

そのように思えてきたのだ。

しかし、喜右衛門の頭の中では、まだ昨夜の出来ごとは夢ではなかったのかと思えてくる。

——そうだ。河瀬殿を訪ねよう。

昨夜の話をしたとて信じてはくれまい。

だが、河瀬庄兵衛に会って話せば、心も落ち着こう。

そう思って身支度を整えると、表に人影がある。庄兵衛が自分の帰宅に気付いて訪ねてきてくれたのではないかと思ったが、

「御免……」

重苦しい声と共に、青木家家老・目加田秋之丞が入ってきた。

——家老は知っていたのか。

喜右衛門は身構えた。

自分の口を封じるために、朝からやってきたのであろうか。それならまず、殿様に殺されかけたと文句のひとつも言ってやる——。

咄嗟にそう思ったが、秋之丞はただ一人で入ってきて、まず土間で恭しく立礼を

した。

「これは目加田様、むさとしたところでございますが、まずお上がりくださりませ」

喜右衛門は落ち着いて応じた。

「いや、これにて御無礼仕る。今は取り急ぎお伝えしておきたいことがござってな」

秋之丞はどこまでも丁重であった。

「お伝えしておきたいこと？」

喜右衛門の表情に怒気が浮かんだ。

「昨夜、我が君が俄に心の臓の発作にて、身罷（みまか）られましてござる」

秋之丞はすかさず言って、祈るような目を向けた。

「左様にござるか。心の臓の発作で……」

そのようにせねば、青木家は改易となり、家中の者達は路頭に迷うことになろう。

「恥をさらすようでござるが、某の目を盗み、殿は随分と乱行をなされていた由。お諫めできなんだは、この目加田秋之丞が不覚にござった。さぞや合田殿にも辛い想いをさせたことではないかと存じおりまする。どうか御勘弁のほどを……」

秋之丞は目に力を込めて詫びた。

その様子に邪な色はなかった。

主殿が平太と謀り、喜右衛門を試し斬りの的にせんとしたことまでは知らぬのであろう。

だが、あれこれ理由をつけての夜歩きが、辻斬りであったと、既に勘付いていたのに違いない。諫めたこともあったのかもしれない。

あれからどのような流れを経て、主殿達三人が斬殺されていることに秋之丞が気付いたのかはわからない。

夜歩きをする主君に気付き、家中の者に様子を見させたところ、骸になっているのを見つけ、密かに屋敷へ運び込んだ。

または、役人から問い合わせがあったものの、

「当家とは一切関わりはござらぬ」

と、御家の一大事を想い、一存ではね付けて、当主は病死とすませて、世継ぎを立てた。

確か主殿の嫡子は十三歳であったはずで、家を継ぐには不足なかろう。

「既に我が君が身罷られたとなれば、合田殿との縁も薄れたと存ずる。さりながら、貴殿の研ぎの技はお見事。このままにしておくのは惜しゅうござる。青木家と縁の深い御家の御抱えとして御推挙いたすが、それでお許し願いとうござる」

言葉を尽くして言われると、目加田秋之丞のこれまでの苦渋が伝わってきて、喜右衛門は声を詰まらせた。

災い転じて福となす。

その言葉ですますには、あまりにも悲惨な展開であるが、今度こそ研ぎ師として世に出られるかもしれない。

喜右衛門は、昨夜のことはすべて夢であったと思い定めて、

「御家老のよろしきように、どうぞおとりはかりくださりませ」

と、頭を下げたのである。

「忝し」

改めて参上仕ると言い残し、秋之丞は立ち去った。

すると、それを見はからったかのように河瀬庄兵衛が入ってきて、

「何だ、帰っていたのか……」

楽しそうに言った。

「はい。ここだけの話ではございますが、殿様が俄にお亡くなりになったということで、御役御免となりまして」

昨日は悲壮な覚悟で頼みごとをして別れていただけに、喜右衛門は頭を掻いた。

「お亡くなりに……。それはまたついておりませぬな」

庄兵衛はとぼけてみせた。

実は今の今まで、目加田秋之丞の訪問が、喜右衛門に害を為すものであれば、飛び込んで助けねばならぬと、編笠に面体を隠し、家の前に潜み様子を窺っていたのだ。

「それが、そうでもないようで……」

「また新たな御出入り先が見つかりましたかな?」

「そんなところです」

「それはよかった。精進した甲斐がありましたね」

庄兵衛は何度も頷いて、喜右衛門に労いの目を向けた。

「はい……、今度こそは……」

喜右衛門の目から涙がこぼれ落ちた。

不思議な人が時に現れるものだ。それほど付合いもないのに、会って話せば心が落ち着く。

喜右衛門にとっては庄兵衛がそれであった。

庄兵衛は照れくさくなって、

「それなら、これはお返しいたそう。危うく盗み見するところだった」

庄兵衛は、件の日誌の入った包みと、根深汁のお裾分けに置いていった鍋を返すと、

「日が暮れた頃に出直すとしよう。わたしには少しばかりうるさすぎる店だが、行人坂の上の居酒屋で一杯やるといたそう」

そう言い置いて立ち去った。

「ありがたいお人だ……」

喜右衛門は、独り言ちると、包みから日誌を取り出して、火をおこした竈にくべた。

それから数日の間。

喜右衛門は連日、お夏の居酒屋で騒いだ。

やがて目加田秋之丞の尽力で、彼は高崎八万二千石の大名・松平家のお抱えとなり、しばらく高崎で暮らすことになった。

松平侯が、喜右衛門を気に入り、国表に所蔵してある刀剣の手入れを命じたのだ。

喜右衛門は、庄兵衛との別れを悲しんだが、旅発ちの日、庄兵衛は家の前で、

「また、いつの日か……」

その一言だけを告げると、あっさり別れた。

「街道の辻くらいまで見送ってあげればよいものを……」

そんな庄兵衛の傍らには、お夏がいた。

「名残など惜しんで、あの危なっかしい男から、毎月のように文など送られたら面倒だよ」

庄兵衛はことともなげに言う。

「ははは、そうですねえ」

「今から当分の間は、目黒のことなど忘れて、精進すればよいのだよ」

「当分、て？」

「そうさな。おれの歳になるくらいまでかな」

「随分ありますよ」

「あっという間さ」

「寂しくなりますねえ」

「そんなことはないさ」

「そうですか？　寒い日の朝に、根深汁の香りが漂ってくる……」

「なるほど、そいつがなくなるのは寂しいなあ」

「自分で拵えますか」

「それほどまめでもないよ。そういう面倒くさがりなんだなあ、おれは……」

「ふふふ、面倒くさがり屋に、人助けなんてできませんよ」

「ははは、それもそうだな。今宵、お嬢と清さんの刀を研ぎに行くよ」

「そいつはありがたい」

「それから、おれは決めたよ」

「何をです？」

「この目黒で一生過ごすとな……」

第四話　おこげ

一

相変わらず、男伊達・相模屋長右衛門の遺志を受け継ぎ、人助けに生きる居酒屋の女将・お夏と、料理人・清次、そしてその仲間達であったが、

「まったく、馬鹿馬鹿しいったらありゃしないよ」

「ありゃあいってえ、何だったんでしょうねえ」

後で思い出すにつけ、くだらなくて失笑してしまうこともある。

もうすぐ師走を迎えようかという時に、その〝馬鹿馬鹿しくてくだらない騒動〟は起こった。

発端は、太鼓橋北詰にある乾物問屋〝相浜屋〟の主人・治兵衛(じへえ)が、お夏の居酒屋

で洩らし続けた愚痴であった。

〝相浜屋〟は、問屋と呼ぶには小体な構えだが、この辺りでは品が好いと信頼を得てきた老舗であった。

その主人が、お夏の居酒屋のような、少し訳有りの連中が多く通う店で愚痴を言うのは解せないが、治兵衛は婿養子の身で、あれこれ屈託が溜まりに溜まっていた。

彼は〝相浜屋〟で小僧の時から勤めあげ、その忠勤が認められて、娘のおそでの婿となった。

そういう点では、芝中門前の線香問屋〝香南堂〟の主人で、目黒での仕事の折は、いつも居酒屋に立ち寄って〝ぶっかけ飯〟を食べていく久右衛門（きゅうえもん）と同じ立場である。

彼は我が儘な家付き娘である女房と、それに輪をかけた浪費家の姑に苦しめられていた。

しかし久右衛門は、先代の遺志を貫き、母娘の反乱を鎮め、遂には女房と義母を深い情をもって改心させ、今はつつがなく〝香南堂〟を切り盛りしている。

相変わらず居酒屋では〝ぶっかけ飯〟を食べ、彼の口から愚痴などは聞いたことがない。

〝香南堂〟の円満については、お夏と清次も陰で一肌脱いだものだが、相浜屋治兵衛については、

「あいつは何とかならないかねえ……」

お夏も顔をしかめて、こめかみに貼った膏薬をぴくぴくとさせるばかりである。

〝相浜屋〟の先代夫婦は既に亡くなっているし、女房のおそでは五つになる息子を厳しく育て、自らも贅沢を戒め、店の奉公人にしっかりと睨みを利かせている。

小僧だった治兵衛が、老舗の主人にまでなれたのだ。

「何の文句があるんだよ」

と、言いたくなるのだ。

お夏のことであるから、二度と来るなと追い返してしまえばよいのだが、そのぎりぎりのところで、

「まあ、こうしてここで一杯やって、話を聞いてもらえるだけ、わたしは幸せなのでね。あんまり愚痴を言うと罰が当りますが……」

治兵衛はそう言って、常連達に頭を下げるし、彼の嘆きもわからないではないと、

不動の龍五郎が話を聞いてやるので、

「まあ、追い払うまでもないね」

となる。

それゆえ、苛々も増すのだ。

治兵衛の愚痴は、強くてしっかりし過ぎている女房・おそでのことである。

治兵衛は働き者でお店一筋に生きてきた。

父親はこれといった定職に就かず、口八丁手八丁で人手が足りないというところを見つけ出し、どんな手伝い仕事も器用にこなして、その日暮らしを続けていた。

母親はそんな亭主のほどのよさに惚れて一緒になり、自分もどこからか内職を見つけてきて、夫婦で気楽に過ごしたが、

「お前は頭も好いし、読み書き算盤も達者だから、まっとうに暮らすのだよ」

これまた口八丁手八丁で、治兵衛を〝鳶が生んだ鷹〟に仕立てて〝相浜屋〟に奉公にやってからすぐに死んでしまった。

両親の思惑は正しかったのであろうが、鷹と思われて奉公するのは辛かった。

〝相浜屋〟の先代夫婦は、奉公人には厳しく、何かというと食事を抜かれる罰を与

えられたものだ。

　それを堪えて、自分はここまできたのである。婿養子の務めとして、おそでに息子を授けたし、今も身を粉にして働いている。

「もう少し、わたしをお店の主として、立ててくれても好いってものです。ええ、違いますか。贅沢したいと言っているんじゃあないですよ。わたしはこの店で、こうやって皆さんと一杯やっていればそれだけで幸せですよ。だが、これでもお店の主なのです。見栄を張らないといけない時もありますよ。結城（ゆうき）の対（つい）なんて着て、ちょいと値の張る料理屋で、きれいどころを呼んで……。いや、そんなことをしたいと言っているのではないのですよ。わたしはここで皆さんと一杯やっていれば幸せなんですから。ただ、お店の主はそういう裁量を持っていなければいけないと、わたしは思うのですよ……」

　治兵衛の愚痴の中身は、だいたいこのようなものである。

　はっきりとは言わないのだが、彼は自分に実権を与えぬ妻を、

「まず、財布の紐を握られていますのでね。婿養子のわたしは、ここで愚痴を言うしか楽しみがないのですよ」

などと、責めているのだ。

「倅ができましたのでね。わたしにはもう餌をやらずともよいというわけだ。はは
は……」

そうして悲しげに笑う姿は、何とも寂しげだ。

男振りがよければ、それも冗談のように聞こえるが、治兵衛は小柄で、でっぷり
と太っていて、鬢も薄く、やっと髷が結えているという様子で、彼が嘆くと絶望感
が漂うのである。

しかし、これに慣れてくると、妻から好かれもせず、構われもせず、頼られもし
ない太った禿がぼやいている姿に、やがてえも言われぬおかしみを覚えるようにな
り、

「治兵衛さん、生きていりゃあ色々あるさ。ここにはお前さんより恵まれていねえ
者が溢れているんですぜ。立派なお店の主人なんだから、まあ、よしとしねえとな
あ」

やがては常連肝煎の龍五郎に宥められて、

「親方の言う通りですねえ。ははは、いつもわたしの愚痴を聞いてもらってありが

とうございます」

と、治兵衛は広い額を右の手の平で何度も撫で回してみせ、常連達を笑わせるまでになっていた。

治兵衛が苦労をして、〝相浜屋〟の主人になったことは、客の皆がわかっている。老舗の主人が、自分達と同じ居酒屋で愚痴を言っているのを見ていると、

――おれの暮らしも満更でもねえかな。

と思えてくるし、治兵衛が店の客達を信じて居酒屋に飲みに来ていることにも好感が持てる。

治兵衛の愚痴から察するに、女房のおそでは、勝気で商才に長けた隙のない女であるらしい。

はっきりと名まで口にしないものの、治兵衛はおそでに対しての愚痴を言って扱き下ろしているのだ。

これがおそでの耳に入れば随分とまずいはずである。

日頃から、治兵衛が居酒屋へ飲みに行くのを許しているおそでのことであるから、決して取り乱しはしないであろうが、落ち着いた状態で詰られるのは何よりも恐ろ

しいはずだ。

しかし、お夏の居酒屋の客達は、酒の席で耳にした、喋れば揉めごとが起こりそうな話はしない。

すればお夏からは出入りを止められるし、顔役の龍五郎からはこっぴどく叱られるからだが、居酒屋にいる時は客達を信じて一人のくたびれた三十過ぎの男になる治兵衛がどこか憎めない。

龍五郎達のように毎日は来ないものの、そこが認められ、今では常連の仲間入りを果している。

お夏は、〝面倒な禿〟に苛々しながらも、彼女もまたそれを認めてやらざるをえなくなっていた。

「あの禿もそのうち何かしでかしそうだけど、あの若いの二人も、何だか危なっかしいよ」

そして、お夏に嫌な胸騒ぎを起こさせる若い客が、このところよく店に来るようになっていた。

近頃目黒に流れてきた、乙吉（おときち）と粂太郎（くめたろう）という、共に十八の若者である。

二

相浜屋治兵衛が愚痴の講釈師であれば、乙吉と粂太郎は、〃嘆きの門付け〃といえよう。

居酒屋の前で、常連達を捉まえては、

「まったくついていませんや」

「あっしらは、どうなっちまうんですかねえ」

と、嘆き節を聞かせ、

「まあ一杯飲ませてやるから入ってきな」

そんな言葉を引き出すのだ。

酒を奢（おご）ってやるのは、だいたいが不動の龍五郎か、その乾分の政吉である。

浅草の方から流れてきたという二人の面倒を見てやっているのが、龍五郎の口入屋であるからだ。

二人の嘆きはわからぬではない。

貧しい家に生まれ、二親に早くに死に別れる——。

不幸の王道ともいえる境遇を経て、二人はぐれてしまうが、意見する者が現れ、植木職の見習いとなる。

ところが、その親方というのが博奕好きで、借金で首が回らなくなり出奔。二人はたちまち路頭に迷う。

行く当てのない二人は、再びぐれてしまっては、もう立ち直れないだろうと、消えた親方の知り人であった古着の行商の許に身を寄せる。

そこで、商売を教わることになったのだが、そもそも博奕で失敗した親方の知り人であるから、ろくなものではなかった。

使いっ走りとして運んだ荷が、盗品であると知れ、行商はお縄になる。

二人も厳しい詮議を受けたのだが、何も知らなかった上に、それまでの事情が知れて、

「哀れである」

と、解き放たれる。

その時には、商家の小僧になるには歳がいっていたし、職人の弟子になるにもそ

の伝手がなかった。

結局は、博奕場で小廻りの用などを務めて食い繋ぐが、ある時、博奕場が手入れを受けて、そこにいた者達は散り散りになる。

その時はたまさかその場にいなかったので助かった二人であったが、身を寄せるところがなくなってしまっては、正業を見つけるまでの食い繋ぎも出来ない。

二人は幼馴染で、いつも一緒にいられたことだけが救いであったが、二人でない智恵を絞って考えたところでかえって混乱するというものだ。

ますます途方に暮れていると、植木職の見習いをしている頃に知り合った職人から、

「目黒に情に厚い口入屋の親方がいるぜ」

と知らされ、藁にも縋る思いでやって来たのだ。

龍五郎は戸惑ったが、わざわざ自分を頼ってやって来た若者二人を、放っておけないのが龍五郎という男である。

空き家になっていた小さな仕舞屋に住めるようにしてやり、日雇いの仕事を入れて、ひとまず暮らせるようにしてやったのである。

以来、三月ほどの間、乙吉と粂太郎は何とか仕事をこなし、今日までやってきた。

とはいえ、いずれも景気が悪く世知辛い世の中である。

なかなか常雇いにはしてもらえず、二人は意気消沈してしまっているのだ。

まだ目黒に馴染みの薄い二人であるから、先々の不安を聞いてくれる相手はいない。

何かというと龍五郎と政吉に相談するようになり、

「まあ、何かあったら口入屋を覗くか、行人坂を上ったところにある居酒屋を覗きな」

口入屋の二人も恰好をつけた。

口入屋を覗くより居酒屋を覗く方が酒と飯にありつけるというものである。乙吉と粂太郎はこのところ、もっぱら店の表をうろつき、龍五郎と政吉の姿を求めるようになった。

とはいえ、若者二人もそれなりに苦労をしてきている。

毎日のように店を覗けば嫌がられるのがわかっているので、三日に一度くらいにして、店では酒は一杯だけに止め、一汁一菜しか頼まぬようにした。

そういうところが、かわいげがあると、

「遠慮しねえで毎日でも顔を出しな」

と、龍五郎は言ってやり、他の常連達も、

「今日はおれが奢ってやるよ」

「世に出たら奢ってくんな」

「まあ、そのうち何とかなるさ。腐るんじゃあねえぜ」

などと声をかけてやるようになった。

こうして乙吉と粂太郎も、奢られながら店の常連となったのだが、仕事が入った時などはもちろん自分達で代を払い、

「こいつはいつものお礼でさあ」

「またよろしく頼みます」

と、酒の一杯も注ぎに廻るのだ。

お夏もその姿には心が和んで、

「あんた達もそりゃあ心細いだろうよ。頼る相手があの親方しかいないなんてねえ」

などと龍五郎との口喧嘩の種にして、二人を迎えてやることにしたのだ。

とはいえ、

「あっしと粂太郎は、半端者の手本だ、なんて言われておりますからねえ」

「二人で見返してやりてえと思っているんでさあ」

「何か商売でもしてえと考えているんですよ」

「だが、何をするにも先立つものがねえときてる」

「粂太郎、この辺りで一か八か、大勝負をかけてえなあ」

「乙吉、おけらで勝負はできねえよ」

こんな二人の嘆きを聞いていると、かつて切羽詰まってよからぬところに身を置いたことがあるだけに、

——何かやらかさなきゃあいいがねえ。

と、お夏は日増しに思うようになっていたのである。

三

お夏の胸騒ぎは、すぐに現実のものとなった。

乙吉と粂太郎は、不動の龍五郎の口利きで、古川の堤の改修普請の人足仕事に出かけたのだが、

「お前らは誰だ？　そんな話は聞いてねえや」

と、人足頭に言われて押し問答になった。気の荒い連中が揃っている普請場のことである。

哀れ二人は叩き出されてしまった。

これを知った政吉は怒って、弟分の千吉、長助を連れて普請場に乗り込み、

「そっちとはうちの親方が話をつけていたはずだぜ。手前らは不動の龍五郎の顔に泥を塗りやがるのか！」

と、相手の不備を認めさせ、乙吉と粂太郎に詫びを入れさせた。

今やすっかり貫禄がついた政吉は、これでまたひとつ男を上げ、龍五郎は、乙吉、粂太郎を呼んで、手打ちの宴を開いてやった。

若い二人は詫び料ももらい、少しは名を売ることも出来たのだが、何やら空しくなってきた。

龍五郎と政吉の温情は嬉しかったし、溜飲も下がった。しかし相手の間違いであったのに、黙って引き下がるしかなかった、自分達の無力さを思い知らされて、それが何とも情けなかった。

ひと暴れしてやりたかった。

「手前ら、このままじゃあすまさねえぞ！」

と、啖呵のひとつも切ってやりたかった。

それくらいの勇気がないわけではなかった。

だが、殴られても蹴られても、辛抱すれば何か仕事にありつけるのではないか。短気を起こせばここにもいられなくなるかもしれない――。

そんな卑屈な想いが、怒りを萎えさせたのだ。

こうして半端者は出来上がっていく。

世間を見返してやろうと思っても、その気力すら湧かないのは、すっかりと負け犬の根性が身についてしまったからだ。

「粂、このままじゃあどうしようもねえな」

「乙吉、銭だな。まず銭を摑まねえと一生浮かび上がれねえぞ」

まだ十八である。この先何が起こるかわからないではないか。何かを起こすためには、日々の精進が大事である。

運を引き寄せるには努力を欠かさぬことだ。黙って三年は頑張ってみよう。

若い時にはそのような前向きな想いも生まれるものだが、若いゆえに絶望に襲われ、捨て鉢になってしまう場合もある。

そもそもが思慮に欠け、その場しのぎに生きてきた乙吉と粂太郎であるから尚さらだ。

「何か大きなことをしてえな」

「ああ、日雇いをこなしていたって、ずうっとこのままさ」

「〝相浜屋〟の旦那だってよう、銭を持たせてもらえねえから、居酒屋でうさを晴らしているわけだからな」

「ああ、乾物問屋の主人があれでは気の毒で仕方がねえや」

「〝相浜屋〟のおかみさんというのも、何だか知らねえが、ひでえ女だなあ」

「いくら婿養子だからって、店の主人なんだ。もう少し恰好つけさせてあげたって好いいってもんだ」

「女房がけちだから、店はもっているのか知らねえが、随分と貯め込んでいるのだろうな」

「ああ、治兵衛の旦那には回ってこねえんだから、そうだろうよ」

「なんだか腹が立つよな。あの旦那は苦労をして主人になったのに、何も好い目を見れねえんだぜ」

「働き者の旦那でさえそうだ。おれ達はどうしようもねえや」

いつしか二人は、〝気の毒な〟相浜屋治兵衛の話をし始めた。

人に奢られながらも、お夏の居酒屋の馴染みになっている乙吉と粂太郎は、治兵衛の愚痴を何度も聞いていた。

そのうちに、二人の頭の中には治兵衛への同情と、おそでへの憎悪が生まれていた。

おそでは決して奢侈(しゃし)な暮らしをしているわけではないし、治兵衛がどのくらい財布の紐を握られているかも定かではない。

結城の対を着て、どこかの料理屋にきれいどころを呼んで、旦那同士の付合いをすることも時には大事である。だがその裁量が許されないと治兵衛は愚痴を言っているものの、それくらいの付合いは、おそでも認めているのではなかろうか。

他人の家の事情、夫婦の事情などは、当人同士にしかわからないところもあるはずだ。

しかし、貧困の中で育った乙吉と粂太郎にとっては、家付き娘で婿養子を尻に敷いているおそでは、もうそれだけで悪人となるのだ。

二人は龍五郎からの口利きで、〝相浜屋〟の荷出しを一度だけ手伝ったことがある。

その時のおそでは凜として、近寄り難い風情を醸していた。

治兵衛が三言号令を発するよりも、おそでが一言叱咤するだけで、荷出しは混乱もなく円滑に進んだ。

おそでにしてみれば、旦那を助けているつもりなのだろうが、

「あれじゃあ、旦那が目立たねえよ」

おそでが出しゃばり過ぎていたのではないかと思えるのだ。

おそでは、供も連れずに方々出歩き、治兵衛に代わって商談をまとめたりもするとの評判だ。

「わたしがいないと、この店はどうにもならないのです、と言いたいのかもしれねえが、それもよし悪しだぜ」

「ああ、誰か悪い奴がいて、お内儀をさらってやろうなんて、企んでいたらどうするんだよ」

一旦、悪人だと思うと、おそでの行動のすべてが気に入らなくなる。

しかし、二人の会話はここではたと止んだ。

同時によからぬ考えが浮かんだのだ。

「粂、〝相浜屋〟のおかみさんは、夕方になると、外の風に当りに一人で店を出て、こりとり川（目黒川）の岸辺に行くと聞いたぜ」

「乙、お前、何を考えているんだよう」

「おかみさんは随分と華奢な人だったな」

「ああ、ちょいとした葛籠になら収まりそうだ……。おいおい、何を考えているんだよう」

「お前と同じことだよ」

「馬鹿野郎。おきやがれ……。で、どうやってさらうんだよ」

「岸の葦原に隠れておいて、そうっと近寄って、大きな布きれで包んじまう」

「それでお前とおれとで押さえ込んで、声が出ねえように口を押さえて、布きれの上から猿轡を嚙ませるか……」

「ああ、それから葛籠に入れて運ぶのさ」

「葛籠はなんとかなるかもしれねえが、どこへ運ぶんだ。遠くまで運ぶのは大変だ」

「近くにあるだろう。寺の裏の小屋がよう」

「なるほど、あすこなら人目につかずに運び込めるな……。いやいや、そんな危ねえことができるかよ」

「そんなら粂太郎、お前はこのまま踏みつけにされても、じっと堪えて馬鹿になって暮らすのか」

「そりゃあ銭を摑んで、それで商売を始めて、世の中の奴らを見返してやりてえさ。だがよう乙吉……」

「ここが勝負のしどころだぜ。明日やるとは言ってねえ。二人でじっくりと考えて、ことに及ぼうじゃあねえか」

「そうだな……。じっくり考えたら、色々と手はありそうだな」

話すうちに二人の悪巧みはまとまっていった。

思慮の足りない若い二人が、半分自棄(やけ)になって考えた企みである。

そもそもうまくいくはずもなかったのだが、励まし合ううちに、自分達に都合よく物ごとを考えてしまう若者は多いのだ。

四

その日は鞴(ふいご)祭であった。

鍛冶師、鋳物師といった、日頃から鞴を使う稼業の者達が、仕事を休み客を招く行事が方々で行われていた。

日暮れてから、お夏の居酒屋に相浜屋治兵衛がやって来た。

近所の付合いで、治兵衛も数軒から招きを受けていた。

「うちのかみさんも、あちこち顔を出していたみたいだよ。そうしてくれている方が、ここにも顔を出しやすいというものですがね」

そう言って、酒と湯豆腐を頼むと、ちびりちびりとやり出した。

まだいつもの客達は来ていなかったが、ちょうど好い調子になった頃にやってくるであろう。

それまではほんのりと酔いに心を休ませて、今日も体にまとわり付いている、あらゆる毒を吐き出すために備えんとしていた。

この安心出来る居酒屋で女房への愚痴を言うのが、治兵衛の唯一の息抜きになっていた。

それを治兵衛自身は、いささか男として情けなく思ってもいる。

だが、妻のおそでは先代の娘である。

先代は因業おやじで、食べ盛りの自分に飯を与えてくれなかったりして、随分と辛い目に遭わされた。

それゆえ、何の郷愁もないが、娘婿に自分を選んでくれたという恩義はある。

その娘には逆らえない。

口惜（くや）しくはあるが、おそでは頭がよく弁が立ち、何ごとに対しても臆せず慌てぬ度胸がある。

その上に機を見るに敏ときているから、商人としての資質は治兵衛よりもはるかに身に備わっている。

押し出しのよさも男勝りで、店の者達は皆、おそでには頭が上がらない。

それでも〝相浜屋〟の主人は自分なのだ。店の商いの幅を広げようと、あれこれ努力をしてきたが、

「旦那様、今は幅を広げる時ではありません」

おそではことあるごとに、治兵衛の方策を退けた。

先代は遊び好きで、商人としては凡庸であった。

だからこそ、自分はもっと店を守り立て、花を咲かせようとしているというものを――。

おそでは、現状を維持し財力を蓄え、そこから満を持して攻勢に転ずるべきだという。その考えはわかるが、小僧から叩き上げて主人になった今、治兵衛にはやる気と力があり余っていた。

「おそで、お前の考えは間違ってはいないが、守ってばかりでは、お店は大きくならないよ」

治兵衛は、やんわりとおそでに説かんとしたが、

「攻めるなとはひとつも言っていませんよ。旦那様の思うように攻めの商いをしてくれたらよいと、わたしも思っています。でも今は、矢玉を蓄え、兵を養い、機を窺う時です」

おそではぴしゃりと言い切った。

こうなると治兵衛は従わざるをえない。

何といっても、店の番頭達はおそでの言うことがすべてなのだ。

止むなく治兵衛は、小口の顧客を増やすくらいでお茶を濁していた。

おそでも奉公人達の手前、厳しい言い方はしないが、

「お前さんは、よけいなことを考えずに、奉公人達をしっかりと働かせてくれたらよいのですよ」

と、言外に匂わしている。

その上に、金銭の出納は、

「お父っさんの遺言で、向こう五年の間は、番頭さんに任せます」

と、おそでは告げた。

番頭は治兵衛よりも古参で、以前から帳簿を扱っていたので、しばらくは番頭に任せて、やがて自分が出来るようになればよいと、確かに先代は言っていた。

だがここに至って、さすがの治兵衛も怒りが湧いてきた。

おそでは、いったい亭主の自分を何と心得ているのであろう。

金銭を管理出来ぬ主人がどこにいるであろうか。

旦那同士の付合いにいる掛かりまで締め付けられているわけではない。

おそでも先代の時からの店の付合いは心得ているから、その都度掛かりは用意してくれる。その上で、

「世間の様子を知るのも大事ですから。付合いに掛かるものは申し付けてください」

とも言ってくれてはいる。

だが、その金は古参の番頭を通して、おそでから治兵衛に渡されるのだ。

番頭は生真面目だけが取り柄で、治兵衛より十も歳が上である。

当然、小僧の時から治兵衛を知っていて、名を呼び捨てにされていた間柄だ。

あまり口も利きたくない。

「旦那様、これは何にお使いになるのです？」

などと問われるのは嫌で仕方がない。

それゆえ、遊びと捉えられる金を出してくれと、おそでには言えない。

おそでにあらぬ疑いをかけられるのは、さらに恐ろしい。

ゆえにお夏の居酒屋で一杯やるくらいの金には困らぬよう、財布に銭を入れてもらい、着物や小物、履き物は、おそでが調えた物で過ごしている。金がいるのなら、

「申し付けてください」

と言いつつ、その佇まいで、

「言えるものなら言ってみろ」

と、威圧されては、そこは養子の身であるから何も言えなくなるのだ。

そんな自分も情けないが、どこまでも夫に冷徹な態度で接するおそでに、治兵衛は恐怖さえ抱くようになっていた。

こんな太った禿と夫婦になるつもりはなかったと、おそでは思っているのかもしれないが、自分とて主筋の娘でなかったら、こんな冷たい女とは一緒になっていない。そんな気にもなる。

——だが所詮、自分はこの店の飼い犬なのだ。飼い殺されてもそれを本望と尻尾を振って生きていくしかないのだ。

やり切れなさがおそでへの憎悪をかきたてていた。

五歳の息子も、べったりとおそでに引っ付いている。自分から何もかも吸い上げる妻が憎い——。

気持ちが昂ってきたところに、時折居酒屋で見かける若い男が近付いてきて、

「〝相浜屋〟の旦那さん、おいででしたか……」

と、何やらそわそわとした様子で声をかけてきた。

「お前さんは……」

「粂太郎です。不動の親方に世話になっている……」

「ああ、そうだったねえ。今は一人かい？」

「ええ、乙吉はもうすぐ来るはずでございますが、この雨に足を止められているのかもしれやせん」

いつしか店の外は雨が降っていた。

「おや、降っているねえ。鞴祭に雨というのも、何やら気が利いている。どうだ

い？」

〝相浜屋〟にいるより、居酒屋にいる方が、すらすら言葉が出る治兵衛であった。

しかし、粂太郎の方は相変わらず落ち着きがなく、

「いえ、旦那さんに、これを渡してくれと、通りすがりの人に言われまして……」

小さな声で告げると、少し大きな結び文を懐から出して治兵衛の前に置いた。

「わたしに通りすがりの人が？」

治兵衛は首を傾げて、結び文を目の前に掲げた。

「どんな人だい？　男かい？」

「へ、へい……」

「何だ？　どこぞの姉さんが付け文でもしてくれたのかと思ったよ。ははは、そんなはずはないか。で、どんな男だい？」

「そ、それが、笠を深く被っていたのでよくわかりませんでしたが、合羽を着た四十くれえの男で、そいつをあっしに渡すと逃げるように走っていきました……。確か……、額に傷があったような……」

「ああ、そんならきっと、料理屋の男衆だよ。寄合で行ったんだが、また来てくれ

としつこく言ってきてねえ。そんなにしょっちゅう行けるほど、こっちも懐が暖かくないよ」

溜息をついて、治兵衛は結び文を投げ出した。

「読まなくていいんですかい」

粂太郎は結び文を見ながら、愛想笑いをした。

「いいんですよう。どうせ大したことなど書いていないんだから。とにかく、ご苦労さんだったねえ。お前さんに頼むなんて、何を考えているんだろう。まあ、これを取っておいてくださいな」

治兵衛は心付けを包んで粂太郎に渡した。

「あ、いや、旦那さん、こんなことをしてもらっちゃあ……」

粂太郎は恐縮したが、

「いくらも入っちゃあおりませんよ。わたしもしがない養子の身だからねえ。うちの者には内緒にしておいておくれよ」

治兵衛はそれを握らせると、結び文には見向きもせず、また酒を飲み始めた。

粂太郎は、頭を下げると、

「乙吉の奴、どこで足止めをくらってやがるんだよ……。小母さん、熱いのをおくれよ」

ぶつぶつ言いながら、お夏に燗酒を頼んだ。

「あいよ……」

お夏はいつもの調子で、黙ってちろりの酒を、出入り口に近い床几に腰をかける粂太郎の傍へと運んだ。

しかし、知らぬ顔をしながらも、粂太郎の様子に異変を覚え、目はしっかりと彼を捉えていた。

粂太郎は、結び文が気になるようだ。

表で通りすがりの者に、治兵衛に渡してもらいたいと頼まれたと言っていたのが、お夏の耳に届いていた。

だが、合羽を着て笠を被った四十絡みの男が表を歩いていた気配はなかった。

治兵衛に渡してくれというなら、治兵衛がこの店に入ったのを、男は見届けていることになる。

そうであれば、お夏の目についたはずだ。

「笠を深く被っていたのでよくわかりませんでしたが……」

などと言っていたものの、

「確か……、額に傷があったような……」

で、あったらしい。

笠を深く被っている男の額が、雨の中でよく見えたものだ。

それに、治兵衛が掲げてみせた結び文は、きれいに折り目がついていて、ぴんと張っていた。

雨中に渡されたのであれば、多少濡れてよれよれになるであろう。

そして、ちらちらと治兵衛を見る様子には、いかにもその文を読んでもらいたいという期待が見え隠れする。

治兵衛は、どこかの料理屋からの催促だと考えていて、それを放ったままにしている。

自分はこの居酒屋だけしか飲みに行けないようなことを言っている治兵衛であるが、時には付合いでそれなりの店に上がっているらしい。

もちろんそれは、店の行事のひとつなので、自分の意思で行ったわけではないのであろうが、お夏は少しほっとした想いであった。

だが、粂太郎には件の結び文が、その類のものではないとわかっているような風情が漂う。

つまるところ、文は粂太郎が初めから治兵衛に手渡すつもりで持ってきたもののように思われる。

それゆえ、治兵衛がそれを読むのを見届けたいのではなかろうか。

雨はいっこうに止む気配はない。

不動の龍五郎や政吉、吉野安頓といった常連も、出足を挫かれているようで誰も現れない。

湯豆腐をつつきながら燗酒を飲み、すっかりと体が温まってよい気分になってきたのに、話す相手もいないとなると、治兵衛もいささかもて余してきたようだ。

ふと、件の結び文に目がいって、いよいよこれを広げて読み始めた。

それを察知した粂太郎は、再びそわそわとして落ち着きがなくなり、治兵衛の方から目をそらした。

それと同時に、治兵衛の表情に動揺が走った。

彼は目を血走らせながら文を読むと、その動揺を悟られまいとして盃を干して、今度は文を丁寧に懐の内へ収めたのである。

するとき粂太郎は立ち上がり、

「乙吉の奴、こねえみてえだから、もう今日は帰りますよ」

と、代を置いた。

「小母さん、またくるよ」

そして傘を手に外へ向かうと、治兵衛に向き直って、

「旦那さん、ありがとうございました……」

にこやかに声をかけて表へ出た。

治兵衛は、粂太郎に何か言いたそうな顔をしたが、

「気をつけてお帰りよ……」

と、硬い表情で見送った。

粂太郎は、雨の中を持参した傘をさして小走りで帰っていった。

――何かおかしい。

お夏は、粂太郎の態度と、治兵衛のただならぬ様子を瞬時に察し、清次を見て大

きく頷いた。

五

半刻ほどして雨は止んだ。

こんな日は、もう出てこなくてもいいと思うのだが、お夏の居酒屋には、不動の龍五郎、政吉、吉野安頓、棒手振りの帰りに雨に遭い、仲よく八幡宮で雨宿りをしていたという、〝青物夫婦〟の円太郎、おしの夫婦が続々とやってきた。

それとは入れ違いに、

「今夜は早く帰ってやらないといけないことがありましてね」

と、相浜屋治兵衛は帰路についた。

「まず、忙しいのは好いことだ」

常連相手に何も愚痴を洩らすことなく帰っていった治兵衛に、いささか拍子抜けの龍五郎であった。

それにしても、あらゆる苦難を二人で乗り越えて、いつも一緒にいても尚、夫婦仲のよい円太郎とおしのを見ると、すっかりと心が通い合わなくなってしまった相浜屋夫婦が、哀れに思えてならなかった。

さて、居酒屋を出てからの治兵衛は、その道中の記憶がすべてとんでしまうほどの衝撃に見舞われていた。

あの結び文は脅迫状であった。

妻・おそでを質に取ったゆえ、五十両を持ってこいというのだ。

ただの悪戯かもしれないが、それにしては手がこんでいる。

額に傷のある四十絡みの男が、この文を粂太郎に託したというから、相当な悪人なのであろう。

金毘羅大権現社裏手の大灯籠へ、明日の夜五つに来いという。

そこに小箱を置いておくゆえ、その中にある指示に従えとある。

金さえ払えば必ずおそでは傷つけることなく返すが、妙な真似をすれば命はないと思え。これは脅しではない――。

脅迫状は、たどたどしい字で認められてあった。

しかしこれは、筆の手がわからぬように、わざとそのようにしているのに違いない。

治兵衛は家へ帰ると、〝相浜屋〟裏手の芥場(ごもくば)へ行った。

木箱の中に竹の皮に包んだおそでの櫛が入っているというのだ。

蓋を開けて中を覗くと、果してそれはあった。

治兵衛は櫛を懐にしまうと、店へ入った。

おそでは出かけたまま帰っていないとのことである。

番頭と古参の女中は心配顔で、

「旦那様とご一緒ではなかったのですか?」

と、どこか治兵衛を詰るように言ったものだが、

「一緒なはずがあるまい。おそでは方々に招かれて出ていったではないか」

治兵衛は、彼らをぴしゃりと叱りつけた。

おそでがいないなら恐れるものはないのである。

「案ずることはない。そのまま二、三日、千住の叔母さんのところへ行くと言っていたような気がするが」

治兵衛は咄嗟にそんな嘘をついていた。

おそでが殺されるのは辛いことだが、そもそも商家の女房が、かどわかされるというのは何ごとであろうか。

五十両くらいの金は容易く工面出来るであろうが、〝相浜屋〟の主人として、五十両を払ってまで、自分をないがしろにしている女房を救う謂れなどない。

これまでも何度か、おそでは息子を連れて千住の叔母の家に泊まりがけで出かけていた。

女房子供がいないので番頭に訊ねたら、何だ知らされていなかったのかという顔をされたこともあった。

あんな脅迫状は、ただの悪戯だと放っておけばよいではないか。

酒に酔っていたので、帰りに破り捨ててもよい。

治兵衛は件の脅迫状を、火鉢に入れて燃やしてしまった。

真面目一筋で生きてきた彼の、世の中に対する初めての反抗であった。

六

その小さな家は、浄覚寺裏手の空き地にひっそりと建っていた。

かつては畑であったところに、寺が出作小屋として建てたらしい。

今は、稔三（ねんぞう）という煙管売りが借り受けて住んでいるのだが、稔三は時として煙管を、江戸近郊の町々へ売り歩き、何日も家を空けることがある。

乙吉と粂太郎とは、たまさか目黒に流れてくる前に知り合っていて、懐かしさもあって二人を構ってやっていた。

「おれがいねえ間は、勝手に使っていいぜ」

そうして、この小屋を二人に託して、上州へ旅に出ていた。

相浜屋治兵衛に脅迫状を渡した粂太郎は、雨の中そっとこの小屋に戻っていた。

「どうだった？」

小屋で待っていた乙吉が低い声で言った。

「ああ、手はず通りに渡したよ。なかなか読もうとしなかったから、どうなることかと思ったが、やっと読んだと思ったら、血相変えて帰っていったよ」

粂太郎は、興奮を鎮めながら応えた。

「よし……」

二人は頷き合いながら、顔を面で隠すと床に設えてある戸を上げた。

床下は物入れになっていて、そこには囚われの身となった〝相浜屋〟のおそでがいた。

乙吉と粂太郎は、手はず通りにこの日の夕方、こりとり川の岸辺に現れたおそでにそっと近付いた。

顔には面を被り、頭から頬被りをして、それを目立たなくした上でのことだ。

乙吉がおそでに包丁を突きつけ、

「命をとろうとは思っちゃあいねえ。ほんの少しの間、大人しくしてくんな」

と、精一杯凄んでみせた。

「わかりましたよ。言うことを聞くから、手荒な真似はよしとくれ」

おそでは、老舗のお嬢様育ちとは思えないほどの落ち着きを見せて、二人の言うことに従ったものだ。

声を聞けば、まだあどけなさが残っている。

こういう若いのは、下手に騒げば興奮して、何をするかわからないと、おそでは達観しているのであろう。

「す、すみませんねえ……」

思わず卑屈になる粂太郎を、

「ぐずぐずするな……」

乙吉は叱りつけて、二人はこれも段取り通り、頭から大きな風呂敷を被せ、近くまで運んであった大きな葛籠に、おそでを入れた。

「ちょいと辛抱してくんな」

すんなりと言うことに従ったおそでに、二人は労りの言葉をかけつつ、この小屋まで運んだというわけだ。

ここまでは手はず通りであった。

おそでを床下に隠し、自分達は顔を見られぬよう面を被り、床下は何もない暗闇の場とし、稔三の家だと気付かれぬようにした。

その上で粂太郎が脅迫状を手に、治兵衛がお夏の居酒屋に行くのを見届け、通りすがりの者に頼まれたと言って結び文を手渡したのである。

あとは身代金を受け取るだけだ。

金毘羅大権現社裏手の大灯籠に小箱は既に置いてある。

その中には次なる指示が結び文に認められてある。

大灯籠のあるところは小高い丘になっていて、小さな柵の向こうは四間くらいの崖になっている。

その下は、叢になっているので、そこから下に金を落すようにと書いておいた。

そして、変装をした上で、下で待ち受けてこれを拾い、駆け去る。

脚力には覚えのある乙吉が受け取り役だ。

少しでもおかしな様子を察知したら、金には目もくれず一旦姿を消そう。

と、確かめ合ったのだ。

身代金の額については迷った。

「一世一代の大博奕だ。二、三百両はふっかけてやろうぜ」

乙吉はそう言ったが、

「いや、三十両くれえで好いだろう。それくれえの金なら、こっちにも油断があったことだし、くれてやってもいいと思うだろう」

高くふっかけると、相手を刺激して、あらゆる手段に訴えるかもしれないと、粂太郎は言う。

結局、五十両に落ち着いた。

それくらいの重さなら、懐に入れて駆け抜けることくらいわけもない。

その後は、どこか人目につかないところでおそでを解放して、そこから駆け去るのだ。

金が出来たら、不動の龍五郎にこれまでの親切への礼を言って、目黒を出て何か商いでもしよう。

そうして立身を遂げ、いつか目黒を訪ね、龍五郎、政吉、居酒屋の面々に酒食を振舞い、治兵衛が相変わらずくたびれているならば、立身を遂げた自分達で守り立ててあげようではないかと、二人は誓い合っていた。

地下の物置に閉じ込められているおそでは、相変わらず落ち着いていた。

あまり暗闇に一人でいると気がおかしくなるだろうと、乙吉と粂太郎は気遣って戸を開けたのだが、

「すまねえが、もう少しだけ辛抱をしてくんな」

乙吉が声をかけると、彼女は大きく息を吐いて、

「お金が入ったら、わたしを解き放ってくれるというわけですか？」

と言った。

「当り前だ。言っただろう。命をとろうとは思っちゃあいねえとよう」

乙吉が精一杯、貫禄を込めて言った。

「それはありがたいですがねえ」

おそではふっと笑った。

ぽつんと空き地に建っている小屋で、しかも地下の物置である。少々叫んだとて外に声も届くまい。

そう考えて、後ろ手に縄で縛ってはいるが、猿轡まではしていなかった。彼女が発する声はどこまでも冷静な響きを保っていた。

「おかめ、ひょっとこさん……」

乙吉と粂太郎は、おかめとひょっとこの面を被っていた。

般若(はんにゃ)の面とか、もう少し他に被るものはなかったのか。おそではそれがおかしかった。

どこか控えめで、おどおどした立居振舞からして、二人が根っからの悪人でないことは、見てとれる。

おそでは縛められつつも、若い二人を呑んでかかっていた。

「おかめ、ひょっとこさんは、とんだ骨折り損をしそうですね」

「骨折り損？」

「どういうことだい？」

「二人の話を聞いていたら、結び文をうちの旦那に手渡したとか？」

「それがどうかしたかい？」

「うちの旦那は、わたしを憎んでいるのですよ。さらわれて殺されたら、むしろ喜びますよ」

「なるほど……」

乙吉と粂太郎は、おかめ、ひょっとこの面で顔を見合って頷いた。

確かにそうであった。

治兵衛は、おそでを憎んでいた。

そんな悪妻なら少々酷い目に遭わせてやってもいいだろうと考えたのだが、治兵

衛はこれ幸いと金を渡さず、

「どうぞ殺してくれ」

という態度をとるかもしれない。

「いや、そんなことはねえだろう」

「いくら憎んでいたってよう、子供の頃から奉公した店の娘なんだぜ」

「子を儲けた夫婦じゃねえか」

「そんな薄情な人には見えねえよ」

喋れば喋るほど、自分達の正体が知れるというものだが、乙吉と粂太郎は元よりおそでを殺すつもりなどないのであるから、このことについてはむきにならずにはいられなかったのだ。

「ふふふ、あなた達は好い人ですねえ」

おそでは頬笑んだ。

乙吉と粂太郎は言葉に詰まった。かどわかした男に好い人はないだろう。

「そういう人のよさが祟って、これまで何をしても、うまくいかなかったのでしょうねえ」

おそではしみじみと言った。

「治兵衛さんは、真面目で正直なところが買われて、わたしの婿に選ばれたのですがねえ、真面目で正直だけでは商いはできません。だから先代は、わたしが攻めて、治兵衛が守る……。そういう〝相浜屋〟を望んだのですよ。でもねえ、男と生まれて女房の陰にいることに甘んじていてはいけませんよ。己が天下を摑むのなら、女房を捨て殺しにするくらいの気概がなくてはいけません」

「ちょっと待ってくれよ。そんなら何かい、おかみさんは、殺されてもいいってえのかい」

乙吉が口を尖らせた。

「そりゃあ殺されたくはありませんよ。でもねえ、うちの旦那がそれくらいの厳しさを持っているなら、それはそれで、お店の先行きに望みが持てると思うのですよ。わたしは酷い女房です……。捨て殺しにされても仕方がないと思っているのですよ」

乙吉と粂太郎は言葉を失った。

治兵衛の話を聞いていると、随分と酷い女房ではないかと思った。

そして、おそで自身それを認めている。

しかし、乾物問屋を支えていくのは、並大抵のことではないはずで、周りの者にはわからない苦労を抱えてもいるのだろう。

おそでの覚悟と、亭主にはこのような男でいてもらいたいという想いが、何とも切ない。

こんな話を聞かされると、治兵衛に対する同情が、おそでへの尊敬に変わってしまうではないか――。

さて、五十両はどうなるのだろう。二人は既に悪事に手を染めてしまった自分達の行方の危うさと共に、不安で仕方なくなってきた。

その時であった。

「火事だ！」

表で叫び声がした。

空き地にぽつんと建つ小屋に、火事を報せて廻る者がいるとは思えないが、江戸の町中に住んでいた二人は、この言葉には体が勝手に反応する。

慌てて戸を薄めに開けて、外の様子を窺う粂太郎であったが、その刹那、外から

その隙間に手を入れた男によって、戸は難なく開けられて、

「馬鹿野郎！」

という怒声と共に、粂太郎は蹴られて奥の方へと飛ばされた。

「な、な、何だ手前（てめえ）らは……」

乙吉は慌てて床の戸を閉めて、向き直ったが、すぐにへなへなとその場に座り込んでしまった。

粂太郎を蹴りとばしたのは、口入屋の政吉、その後から入ってきたのは、居酒屋の料理人・清次と、女将のお夏であったのだ。

七

「この馬鹿が！　何だ、この、おかめとひょっとこは……」

政吉の怒号が小屋の中に響き渡った。

姿勢を正して部屋の隅に座る乙吉と粂太郎は涙ぐんでいた。

お夏と清次は呆れ返って眺めていたが、

「やどがいつもお世話になっていると聞いておりましたが、この度は色々とありがとうございます」

おそでに丁重に礼を言われて、

「大したこともしておりませんよう」

「ご無事で何よりでございましたよ」

と、苦笑いを浮かべていた。

居酒屋に現れた粂太郎の様子がおかしいと、たちどころに見破ったお夏は、清次に粂太郎のあとをつけさせた。

そうして、清次はこの小屋に、粂太郎が乙吉と二人で、おそでをさらって潜んでいるのを容易く見つけたのだ。

この二人がおそでを殺すとは思えなかったし、人質としてそれなりに手厚く遇しているようなので、清次は一旦居酒屋に戻った。

すると、そこに不動の龍五郎と政吉が一杯やりに来ていたので、清次はお夏に諮って、このことをそっと二人に告げた。

これくらいのけちな一件である。

お夏も清次も、陰に回って血刀を揮うようなことをするまでもなかった。

龍五郎は怒ったが、店の中では怒鳴りも出来ない。

役人に知られて捕えられたら、島送りにもなりかねないのだ。

まだやり直しの利く乙吉と粂太郎であるから、ここは自分達で始末をつけてやりたいと、政吉を清次に付けて、

「婆ァ、ちょいと出張ってやってくれねえか」

と、お夏に頼んだのだ。

乙吉と粂太郎の始末もさることながら、〝相浜屋〟の治兵衛、おそでの夫婦間のわだかまりが、これを機に少しでも和めばよい。

そうなれば、若い二人の暴挙も少しは役に立つかもしれない。

役に立てばその分、罪も薄れるのではなかろうか。

二人の面倒を見てきた龍五郎は、

「こういうことは、おれよりお前の方が、うまく収められると思うのさ。頼むよ……」

そっと頭を下げたものだ。

「親方、伊達に歳はとっちゃあいないねえ。そう言われちゃあ、あたしも胸を叩くしかないじゃないか」

お夏は、龍五郎の意図を解して、

「ちょいと出てくるから、店の客達を置いて、勝手にやっといておくれな」

そう言って、店の客達を置いて、乙吉と粂太郎が拠る小屋へと出かけたのだ。

政吉とて、度胸も腕っ節も人一倍備わっている。

敬慕する清次と一緒となれば意気が揚がった。

「火事だ！」

と叫んで、薄く開いた戸の隙間をこじ開けると、殴り込んだのだ。

乙吉と粂太郎は、政吉と清次の姿を見ればもう何も出来なかった。

ただ、引き続いてお夏が入ってきたのを見て、何故かほっとした。

この小母さんがいる限り、自分達を悪いようにはしないのではないかと思ったのだ。

そして、自分達は何とくだらないことをしてしまったのであろうと、我に返って慌てふためいた。

「まったく手前ら（てめえ）は、うちの親方の顔に泥を塗りやがったな！」

政吉は、二人を落ち着かせるためにも、まずそれぞれの横っ面をはたいた。

龍五郎は、〝相浜屋〟に人を入れたことが何度かあり、乙吉と粂太郎も一度荷出しの人足として働いたのである。

その二人が、よりにもよっておそでをさらって、店から金をふんだくろうとは、正しく龍五郎を裏切ることになる。

「まずお詫びしろい！」

政吉は、二人に頭を下げさせた上で、

「言っておくが、乙、粂、これで許してもらえるとは思っちゃあいまいな」

厳しく叱りつけた。

そこにお夏が、

「〝相浜屋〟のおかみさん、この二人は根っからの悪人だとは思えないのですがねえ」

と、助け船を出した。

「はい、魔がさしたのでしょうね。うちに一度、手伝いにきてくれた二人だと、すぐにわかっていましたよ」

おそでは、そう言うと頰笑んだ。

顔を知られていると思えば、さすがに間の抜けた二人とて、口封じをしたくなるかもしれない。それゆえ黙っていたのだが、

「この二人なら、何があっても命まではとらないだろうと、落ち着いていられましたよ」

と、告げた。

「あっしらのことを覚えていてくださったのですかい」

「それで悪い奴ではないと……」

乙吉と粂太郎は、その言葉を聞いて泣き出した。

生い立ちが穏やかなものであれば、この二人もなかなかに人からかわいがられる若者の時を過ぎ、それなりに分別を備えた大人になり、女房子供も得たのであろう。

「だが、あんたらのしたことは大きな罪だ。政さんの言うように、許してもらおうなんて考えるんじゃあないよ」

お夏が言った。彼女の言葉はやさしく胸に突き刺さる。

乙吉と粂太郎は、神妙に頷いた。

「今すぐにあんたらをふん縛って、役人に突き出すようなことは、面倒だからしないが、逃げ出すんじゃあないよ。覚悟を決めて首を洗って待っていりゃあ、あの馬鹿みたいに人の好い、不動の龍五郎が命乞いをしてくれるさ」

お夏に念を押されて、二人は身を縮めて頭を下げた。

「馬鹿野郎が……」

政吉は涙目になって、二人の頭をはたいた。

見世物小屋の芸人の子に生まれたが、何ひとつ芸が身につかず、盛り場で暴れていた政吉であった。

あの頃、ひとつ間違えば自分も乙吉と粂太郎のようになっていたと、彼はよくわかっているのである。

「さて、これからどうなさいます?」

清次がおそでに言った。

乙吉と粂太郎の悪巧みについては一通り白状させていた。

恐らく脅迫状を受け取った治兵衛は、おそでが本当に帰ってこないので、今頃は大変な想いをしているだろう。

しかし、おそでは、乙吉と粂太郎に語っていたように、治兵衛はまだ店の者には告げずにいて、五十両の金を工面するつもりはないだろうと言う。

政吉は、

「おかみさん、そんなことはありませんよ」

と宥めるが、それくらいの気概が治兵衛にあるならむしろよいと思っているし、それが〝相浜屋〟にとってよいことだ。

またそれだけ治兵衛には辛く当ってきたのだから、治兵衛を恨むつもりはないと、おそでは思いの丈を語った。

「お内儀さんが、旦那さんに辛く当ってきたのには何か事情があるのでしょうよ」

お夏が溜息交じりに言った。

「そのことについては人様のことだ。あれこれ問いませんがね。どんな理由があろうとも、女房を捨て殺しにして好いわけはありませんよ。そんなものは男の気概とは言えませんね。もう跡取り息子はいるんだ。お内儀さんはしっかり者だから、この先お店は何とかなりますよ。おれのやり方が気に入らないのならおれは出て行って、一から身代を築いてやる。本当に気概があるのなら、そう言えばいいんですよう。それができないでいるのなら、安酒場で女房の愚痴を言ってうさを晴らして、立派に婿養子の務めを果すべきでしょうよ」

お夏の言葉にその場の男四人が大きく頷いた。もっとも、乙吉と粂太郎は、

「お前らは引っ込んでいやがれ」

と、政吉にまた頭をはたかれたのだが――。

おそでは思い入れをした後、

「確かに女将さんの言う通りですね。あの人が妙な気を起こす前に、帰った方がよいですねえ。結び文のことについては、何かの悪戯に決まっているじゃあありませんか。そんな風に言っておきましょう」

そのように応えて、乙吉と粂太郎を大泣きさせたのだが、

「いや、それでは今ひとつおもしろくありませんねえ」

と、お夏がニヤリと笑った。

「そっとお店の様子を窺って、何ごともないようなら、旦那は五十両払おうかどうか、迷っているってことでしょう。そうだとしたら、少しくらいいたぶってやらな

いと、女の方の気は収まりませんからねえ」

一同はお夏をぽかんとした表情で見つめた。

清次は、お夏が龍五郎の期待に応えんとしているのがわかっていたが、お夏が語るうちにおそでの表情にもやがて笑みが戻ってきた。

八

長く寝苦しい夜が明けた。

相浜屋治兵衛は、落ち着かぬ朝を迎えていた。

結局、おそでは帰ってこなかった。

店の者には、千住の叔母のところであろうと言ってごまかしたが、やはりおそでは何者かにかどわかされていると思われる。

今日の夜五つに、金毘羅大権現社裏手の大灯籠へ五十両を持って行かねば、おそでは殺されるかもしれない。

既に店の芥箱（ごみばこ）に、おそでの櫛が入れられていた。

すべては脅迫状の通りとなった。

——おそでを殺したければ殺してみろ。

治兵衛はそんな想いでいたが、刻限が迫るにつれて、そわそわとしてきた。

朝餉も喉を通らなかった。

「旦那様、どこか具合が悪いのでは……？」

番頭は気にかけてくれたが、女房と二人で店の金が治兵衛に渡らぬようにしている男である。

——ふん、心にもないことをぬかしやがる。

治兵衛は素直に受けとれず、

「具合など、年がら年中悪いですよ」

と、皮肉を言って外へ出た。

とにかく外の風に当りたかったのだが、ちょうどそこに口入屋の不動の龍五郎が通りかかった。

「こいつは〝相浜屋〟の旦那、会えてよかった……」

龍五郎は治兵衛の姿を見るや、声をかけてきた。

「親方……、どうかしましたか……」

治兵衛はおどおどとして応えた。

「どうかしたかと訊きてえのはこっちの方ですよう。昨夜、旦那が婆ァの居酒屋へ来て、すぐに帰ったと聞きましてねえ」

「ちょいと、用を思い出したのですよ」

「そうでしたか、そんなら好いのですがねえ。どうも顔色がすぐれなかったって、店にいた者が口を揃えて言うので、ちょいと気にかかっておりやした」

「いえ……、どこが悪いというわけでもないのですがねえ……」

治兵衛はやり過ごそうとしたが、

「まあ、商売をしていると人に言えねえ苦労もあるのでしょうねえ。あっしみてえなしがねえ口入屋でも、あれこれ気苦労が絶えねえときている」

などと言われると、少し気が和んできた。

「親方みたいな、腹が据った人でも、あれこれ気に病むこともあるのですねえ」

「そりゃあそうでさあ。手前の思い通りにならねえことがあると、尚さらだ」

「そんな時はどうするんです？」

「仕事なんか放っぽり出して、婆ァの店で口喧嘩なんぞしながら一杯やるんですよう」

「なるほど、そうすればその間は色んなことが忘れられますねえ」

そうだ。おそではいないんだ。仕事など番頭や女中に任せておいて、一杯やって嫌なことは忘れてしまえばいいのだ。

そのうちに夜の五つがやってくるが、飲んで騒げばすぐに時も過ぎよう。

「ちょうどあっしもくさくさしていたところだ。治兵衛さん、ちょいと行きますかい。あの婆ァの店へ……」

龍五郎に誘われると、治兵衛は引き寄せられるようについていった。

店でじっとしていられなかったのだ。

——とのつまり、わたしには女房を殺して己が想いを遂げるだけの度胸もないのだ。

心は千々に乱れ、己が情けなさを胸の内から払拭出来ぬままに、居酒屋に着いた。

「おやおや、こんな時分から、珍しいですねえ」

お夏は、龍五郎と共に酒をくれという治兵衛を珍しそうに見ながら迎えたが、それ以上は何も言わずに黙って酒を出してくれた。

そういうところが、この居酒屋のよいところなのだ。

夜の五つまでに酔い潰れてしまうか、酔えずにおそでをどうするかで迷うのか——。

飲めば飲むほど、治兵衛の胸の内は切なくなっていく。

「〝相浜屋〟の旦那。こんなことを言っては何ですが、気苦労ってえのはやはりお内儀のことで？」

龍五郎は、治兵衛の胸の内など知らぬとばかりに女房の話をし始めた。

「あっしもねえ、惚れ合って一緒になったはずなのに、女房とは喧嘩ばかりしておりましたよ。何かというと亭主のすることを押さえ込もうとしやがる。こんな女は死んじめえばいいんだと思った時もありやしたよ。だが、今思えば女房にも言い分はくさるほどあったんでさあ。口入屋は、人を助けて、男を売る商売だなんて、わかったようなことを言って、女房子供に苦労をかけちまった。馬鹿な男でも手前の亭主なんだから辛抱するのは仕方がねえが、娘まで泣かされちゃあ堪らねえ。女房はそう思ったんでしょうねえ」

龍五郎の話は、いちいち治兵衛の胸を貫いた。

「親方のおかみさんは、今もお達者で……」

そういえば身内の話は聞いたことがなかったと、治兵衛は問うてみた。

「女房はとっくの昔に死んじめえやしたよ。死なれてみると、昔は腹が立った女房の一言一言が、何も間違っていなかったと思えてきてねえ……。詫びるにも死なれちまっては話もできねえ。へへへ、だから治兵衛の旦那、お内儀のことを気苦労だと思う気持ちはよくわかるが、ここでぼやくくれえに止めておきなせえ。それがおやじのご愛敬だ」

捨て殺しにしてやろうという想いが、ますますしぼんでいく――。

そこへ政吉がやってきて、

「親方、用はすませてきましたぜ。おっと、〝相浜屋〟の旦那さんもご一緒でしたか」

「政、ご苦労だったな。一緒に気持ちよく飲んでいるところさ。お前も一杯やりな」

「へい。そいつはありがてえが、腹が減っておりやしてね。小母さん、飯を食わせてくんねえかい」

「政さん、飯はもうすぐ炊けるんだけど、それまで残った釜底のおヽこヽげを食べておくかい？」

「おこげかい？　ははは、おれの好物をよく覚えていてくれたねえ」

「ちょいとあったためて、醤油を少しだけ落しておこうか」

「そいつはありがてえ」

「政、お前、妙な物を食うんだなあ」

「へへへ、親方、こいつには理由がありましてね」

「理由？」

「がきの頃、悪戯が過ぎて、親父に飯を止められたことがありまして……。そん時におふくろが、おこげなら好いだろうって、親父に内緒でよく食わせてくれましてねえ」

「なるほど、そいつが今も忘れられねえってわけかい」

「お待ちどお……」

「清さん、すまないねえ……」

こんな会話が続いたかと思うと、清次が飯釜の底の、ほどよい焦げめがついたおこげを小皿に盛って、上から二、三滴醤油をたらしたのに、漬物を添えて政吉に出してやった。

政吉はそれを一口食べると、

「うん、懐かしい味だ……」

低く唸った。

治兵衛の顔に動揺が走った。

小僧の頃。〝相浜屋〟の先代に叱られて、飯を食べさせてもらえないことがあった。その時に、

「猫にあげると言って、さらえてきたのよ」

まだあどけないおそでが、おこげに醤油をたらした小皿をそっと持ってきてくれたのを思い出したのだ。

「お嬢さま……」

と、手を合わせ、手掴みで食べたおこげの味が、治兵衛の口中で蘇ってきた。

――あのおそでが、わたしに厳しく当るのには理由があるはずだ。あのやさしい

おそでが人変わりするはずがない。

おこげなど、〝相浜屋〟の主人になった今、食べることはなくなった。それゆえ、おそでとの思い出と共に、すっかり忘れてしまっていたのである。

おそでの婿になった時は嬉しかったものだ。

——わたしは人として思い上がっていた。

あのおそでを、自分は捨て殺しにしようとしているのだ。

夜の五つにはまだまだ刻がある。

それまでに五十両を拵えて、金毘羅大権現社の裏手の大灯籠へ行かねばなるまい。

「親方！　皆さん、ちょっとまた用を思い出しました！　店へ帰らねばなりませんので、ご免くださいまし！　おやかましゅうございました！」

治兵衛は思い詰めた表情で立ち上がると、代をじゃらじゃらと小上がりに置いて、店を出た。

そしてそのまま、転がるように行人坂を下って、〝相浜屋〟に駆け込むと、

「帰ったよ！　番頭さん！　ちょっと話があるんだよ！」

切羽詰まった声で叫んだものだ。

「どうなさったんです……」

するとと、帳場の奥からおそでが顔を覗かせて笑った。

その顔は、自分にそっとおこげを差し入れてくれた、あの日のおそでであった。

「おそで……。無事だったのかい……」

治兵衛はまじまじと女房を見つめた。

「すみませんでした。昨日は千住の叔母のところで話し込んでしまって、そのまま泊めてもらいましてね」

おそでの声はしっとりと濡れている。

「いや、わたしはね。おかしな文を渡されて、それにはお前をさらったとあって、芥箱にお前の櫛があるから見てみろと……」

治兵衛は、しどろもどろになって、ことの次第を告げたが、

「それは性質の悪い悪戯ですよ。その櫛はちょっと前に失くした物でしょう。まったく誰がそんなことを……」

おそでは、治兵衛を労るように応えた。

その上で、彼女は人払いをして、

「旦那様、どうかわたしを許してください」

「許す……？」

「これまで店の帳簿を任せなかったのは、先代の遺言もあったのですがねえ……。実は先代が、勝手に商いの幅を広げようとして、内緒で借金を拵えていたのですよ」

「先代が？　それならそうとどうしてわたしに……」

「これは先代の不始末です。あなたのせいだと他人や店の者に思われないよう、旦那様には当分の間地味な仕事をしてもらって、その間にわたしと番頭さんとで、そっと返そうと思ったのですよ」

「そうだったのかい……」

「でも、今年でそれもすみますから、年が明けたら、改めて〝相浜屋〟を旦那様にお任せします。思う存分に、お店を大きくしてくださいまし。旦那様ならできますよ」

「おそで……」

治兵衛はもういけなかった。涙ながらに自分の不甲斐なさを詫びて、その場に蹲(うずくま)ってしまったのである。

九

「さて、乙吉と粂太郎の始末をどうつけるか、ですねえ」

お夏の居酒屋では、政吉が龍五郎に小声で言った。

といっても店に他に客はなく、まだ昼過ぎなので、清次は縄暖簾を店の内へ入れ、表の戸は閉めて、口入屋の貸切にしていた。

「まず、お構いなしにしては、奴らのためにならねえな」

龍五郎は腕組みをした。

お夏は、治兵衛に邪心が起こる前に、夫婦の行き違いを正し、おそでには旦那に隠しごとがあるなら、きっちりと打ち明けるようにと説いた。そうして、居酒屋でおそでから聞いたおこげの思い出を政吉に演じさせ、治兵衛を〝相浜屋〟に走らせたまでは上首尾であった。

あとは勝手に夫婦でうまくやってくれというところであろう。

残るは乙吉と粂太郎である。

二人は今、口入屋にいて小さくなっている。

ことによっては、きつく叱りつけておけばよいし、あの二人もこの先心を入れ替えるとは思うが、もしも治兵衛がすぐさま役人に訴え出ていたら、容易く捕えられ、島流しにされていたかもしれないのだ。

「人足寄場へ放り込んでやればどうだい」

お夏が言った。

「婆ァ……」

「何だよう」

「そいつは妙案だ」

小石川の人足寄場は、犯した罪が軽い者であるとか、無宿人を収容する更生所である。

ここでは様々な職の訓練を受けられ、無事に勤め上げた後は、仕事に就けるように世話をしてくれるのだ。

「濱名の旦那に頼めば、何とかしてくれるだろうな」

「だが親方、あいつらに勤まりますかねえ」

　政吉は不安そうだったが、

「放り込まれてしまえば勤めるしかねえさ。三年で出られて手に職がつくんだ。これを乗り込えねえでどうする」

　龍五郎に言われると納得した。

「うちの店で大暴れしたことにしておけばいいさ。それでか弱い女将が痛い目に遭ったってね」

「婆ァ、そいつはちょいと嘘が過ぎるぜ」

「何言っているんだよ。言っとくけど、あの二人は親方が拾ってやったんだろ。こっちはとんだとばっちりさ」

「まあそう言われると面目ねえが、政、さっき清さんが出してくれたおこげ、何だかうまそうだったな」

「へい。なかなかいけましたぜ」

「清さん、今度おれにも出しておくれな」

「へい、畏まりました。でも何ですねえ。釜底のおこげが人の心を繋ぐとは、へへへ、料理ってえのはおもしれえもんですねえ」

日頃無口な清次が感じ入った物言いをすると、真に含蓄がある。

四人はふっと笑って頷き合った。

今宵あたり〝相浜屋〟では、おそでが釜底のおこげをさらって、治兵衛の注文に応えるのだろうか。

まだ幼い息子に、治兵衛はおこげの思い出を語るのだろうか。

外は冷たい冬の風が激しく吹いている。

舞い散る枯葉が戸を叩く。

物悲しくなるこんな日は、人の情に触れていたいものだ。

そんな男達の哀切を嘲笑うように、

「それにしても、今度の騒ぎばかりは、馬鹿馬鹿しいったらありゃしないよ。馬鹿お断りって、店の前に貼っとこうかねえ」

お夏はしかめっ面をして、こめかみの膏薬を忙しく動かしていた。

この作品は書き下ろしです。

幻冬舎時代小説文庫

●好評既刊
山くじら
居酒屋お夏 春夏秋冬
岡本さとる

毒舌お夏の居酒屋は再建初日から大賑わい。ある日、強烈な個性を放つ男が町に現れた。快活な振る舞いとは裏腹に悲壮な決意があると見抜いたお夏だが……。人情酒場シリーズ新装開店。

●好評既刊
雪見酒
居酒屋お夏 春夏秋冬
岡本さとる

お夏の居酒屋で行き交うのは、人情、毒舌、旨い飯。ある日お夏は、目黒の豪傑として知られる初老の剣客の言動に胸騒ぎを覚える。弟子の活躍も相まって声望を高めていた男に一体何が？

●好評既刊
豆腐尽くし
居酒屋お夏 春夏秋冬
岡本さとる

毒舌女将の目にも涙⁉ 渡世人として苛烈に生きてきた牛頭の五郎蔵にはどうしても忘れられない女がいた。五郎蔵の意を汲んで調べ始めたお夏。だが、その女は――。新シリーズ感涙の第三弾。

●好評既刊
鰻と甘酒
居酒屋お夏 春夏秋冬
岡本さとる

「あの姉さんには惚れちまうんじゃあねえぜ」。暗い過去を抱える女。羽目の外し方すら知らぬ純真な男。二人の恋路に思わぬ障壁が……！ お夏が今宵も暗躍、新シリーズ待望の第四弾。

●好評既刊
鯰の夫婦
居酒屋お夏 春夏秋冬
岡本さとる

父子で釣りをしている最中に、事故で息子を喪ってしまった男は自分を責め抜き、気うつに。悲しみゆえにすれ違う夫婦へお夏が一計を案じたら……？ 感涙必至の人情シリーズ、待望の第五弾。

根深汁（ねぶかじる）

居酒屋（いざかや）お夏（なつ） 春夏秋冬（しゅんかしゅうとう）

岡本（おかもと）さとる

令和4年12月10日　初版発行

発行人――石原正康
編集人――高部真人
発行所――株式会社幻冬舎
〒151-0051東京都渋谷区千駄ヶ谷4-9-7
電話　03(5411)6222(営業)
　　　03(5411)6211(編集)
公式HP　https://www.gentosha.co.jp/
印刷・製本―中央精版印刷株式会社
装丁者――高橋雅之

幻冬舎時代小説文庫

ISBN978-4-344-43250-5　C0193　お-43-16

この本に関するご意見・ご感想は、下記アンケートフォームからお寄せください。
https://www.gentosha.co.jp/e/